Christian Günther

SAUGER

Bibliografische Information der Deutschen Nationalbibliothek: Die Deutsche Nationalbibliothek verzeichnet diese Publikation in der Deutschen Nationalbibliografie; detaillierte bibliografische Daten sind im Internet über http://dnb.dnb.de abrufbar.

© 2015 Christian Günther

Covergestaltung: Dania D'Eramo

Herstellung und Verlag: BoD – Books on Demand, Norderstedt

ISBN: 9783738620597

Inhaltsverzeichnis

Horror Shopping

Sonja räkelte sich wohlig auf ihrem breiten Bett. Sie blinzelte mit den schweren Lidern, schwarzen, langen und gebogenen Bambi-Wimpern. Es war bereits Mittag, was Sonja daran erkannte, dass die herbstlich kühle Sonne in ihr Schlafzimmerfenster schien. Automatisch tastete sie das Bett neben sich ab. Heute lag ausnahmsweise einmal kein Mann da. Das machte nichts. „Wäre jetzt auch nur Stress", murmelte sie mit vom Schlaf rauer Stimme vor sich hin, „und Stress wollen wir doch nicht." Sie hatte gerade beschlossen, noch ein bisschen zu dösen, als das Telefon klingelte. Grunzend warf sie ihr Kopfkissen nach dem Ding. Es hörte auf zu klingeln, aber stattdessen vernahm sie ein piepsendes Stimmchen. Der Hörer musste runtergefallen sein. Sonja wusste auch, wer da sprach: Nur Melinda konnte so losplappern und nicht einmal merken, dass ihr niemand zuhörte. Sie angelte sich ächzend den Hörer, und es machte ihr Spaß, hineinzukrächzen: „Dich hamse wohl, Melli! Um diese Zeit hier anzurufen!"

„Bist du allein?", fragte Melinda.

„Ich? Und allein?" Sonja lachte absichtlich anzüglich und tat so, als spräche sie mit einem

Dritten: „Komm, Kleiner, mach mal Männchen. - So ist's fein. Und jetzt sag mal was..." Sie verstellte ihre Stimme: „Du machene michi kaputhe, Sosonija! - Nejn, bitte nejn!"

Melinda kicherte am anderen Ende der Leitung. „Aber der gestern war doch wirklich süß. Warum hast du ihn nicht abgeschleppt, Son?"

„Er hatte Angst vor mir", gähnte Sonja. „Ich hab da ein Flackern in seinen Augen gesehen, das hat mir nicht gefallen. Ich mag keine Himbeerbubis."

„Aber er hing doch an dir wie eine Klette." Melli seufzte. „Wenn ich die Chance gehabt hätte ..."

„Ja ja, leg jetzt besser weiter an deiner Patience auf dem Computer. Überhaupt ... ich frag mich immer, warum du während der Arbeitszeit so ungeniert am Telefon quasseln darfst."

„Ach, das interessiert hier doch keinen."

Sonja setzte sich gähnend auf. „Also, was geht heute, Mel?"

„Ja, ich weiß nicht ..."

„Tss, solange wie du dir was überlegst, ... da kann ich ja erst mal in aller Ruhe kotzen gehen."

„Jetzt hör schon auf, Sonja! Du kannst richtig eklig sein. Ich esse doch gerade mein Laktobazillus-sowieso", beklagte sich Melli, „ich dachte, wir könnten zusammen ein Geschenk für Nicole..."

„Die doofe Kuh hat mir doch auch nichts geschenkt, als ich Geburtstag hatte, und was kann man der schon schenken... Vielleicht ein Abo beim Seelenklempner..."

„Oder beim Schönheitschirurgen", ätzte Melli

unerwartet mit.

„Hat kein' Zweck, bei der Visage muss man mit der Flex ran." Beide lachten.

„Trotzdem sollten wir ihr 'ne Kleinigkeit schenken", sagte Melinda. „Ich hab da an den komischen Laden in deiner Nähe gedacht. Wir könnten uns da in einer Stunde treffen. Dann hab ich Pause."

„Wie soll ich das schaffen, verflucht noch mal? Ich muss mich doch erst noch von gestern abschminken."

„Lass es doch einfach drauf."

„Du bist gut! Ich seh aus wie aus dem Schlamm gezogen."

„Ach komm, so schlimm kann es doch gar nicht sein."

„Doch, wenn ich auf die Straße will, brauch ich'n Monsterausweis."

„Du", flüsterte Melli schnell, „mein Chef kommt, ich leg lieber auf, also um halb zwei."

Sonja hörte noch ein Brüllen, - hat wohl einen ziemlichen Hals, der Chef, dachte sie -, dann herrschte Stille in der Leitung. Sie ließ sich der Länge nach auf das Luxusbett sacken, das Rainer ihr geschenkt hatte. Oder war es Dieter gewesen? Sie massierte sich die Schläfen und sah in den mildblauen Himmel hinauf. Eine Tasse Kaffee. Vorher ging gar nichts. Aber sie war zu faul zum Aufstehen. Sie zog einen Flunsch. Niemand da, der ihr einen Kaffee kochte. Sie hob ein Bein und musterte es. Lang, schöne Wade, schmale Fessel, hübscher Fuß, nette Zehen dran. Sie ließ das Bein wieder auf das Bett zurückplumpsen. - Wie es wohl ist, wenn man nur ein Bein hat. Dummer Gedanke. Wie komm ich nur auf sowas? Sie raffte sich auf und tapste zum Bad, schnitt vor dem Spiegel Grimassen. - Für die ganze Sumpferei seh ich ja noch passabel aus, dachte sie, sah zu, wie sich die Zahnpasta aus der Tube kringelte, rubbelte über die Zahnreihen, stellte die Dusche an, gurgelte. Sie dachte an ihre Mutter, wie sie in der Klinik gelegen hatte vor Jahren, gestorben war; Gedanken an ihren Vater vermied sie. Denn immer wenn sie an ihn dachte, fühlte sie eine Art Beklemmung in sich aufsteigen. Sie wusste nicht recht, woher das kam. Seit einigen Jahren hatte sie nichts mehr von ihm gehört, die letzten Treffen waren sehr verkrampft gewesen. Einige nichtssagende Telefonanrufe. Eigentlich wusste sie nichts von ihm und seinem Leben. Es war ihr lieber so. Aber jetzt hatte sie doch an ihn gedacht! Sie empfand es als ablenkend und erleichternd, dass sich, während sie den warmen Strahl des Wassers spürte, Bilder der vergangenen Nacht einstellten: Na ja, der übliche Typ, das übliche Geplapper, na, das Gesicht war doch etwas verfettet gewesen, zumindest im Ansatz, und das Gelaber unter aller Kajüte, außerdem dieses dämliche Grinsen, Knackarsch auch Fehlanzeige, - Hast alles richtig gemacht, Kindchen, mit dem hättest du 'ne Niete gezogen, sagte sie sich und begann, sich abzutrocknen.

Mit einem Toast in der Hand lief sie kurz darauf zu dem komischen Krimskramsladen. Als sie einen Moment an einer Ampel stehenblieb, um dann doch noch bei Rot hinüberzuhuschen, meinte sie, aus dem Augenwinkel eine Bewegung wahrzunehmen. Sie lief weiter, aber nun war ihr, als folgten ihr Schritte. Doch es war ihr zu dumm, sich umzudrehen. Vielleicht hatte sich nur wieder einmal ein Typ in sie verguckt; sie war es gewohnt, dass ihr Männer folgten. Dann bremste sie doch plötzlich ihren über 1,80 großen Model-Körper und warf ihren Kopf herum, so dass die blonden Haare nur so flogen. Aber da war nichts. Nur unscheinbare lahme Schnecken, die vor sich hinmurksten. Leute in grauen Mänteln. Nichts Besonderes.

Melli stand schon vor dem Schaufenster und spielte mit einer Kastanie, die sie gefunden hatte. Sie steckte in ihrem Büro-Anzug, leichte Nadelstreifen oder so'n Zeug, soviel Sonja unter dem offenen Trench erkennen konnte. Mellis widerspenstige rote Haare waren streng mit Spray und Kamm betoniert. Sie küssten sich, und Sonja wunderte sich, während sie sich herabbeugte, wieder einmal über den zarten, samtenen Flaum auf Mellis süßen Bäckchen. Melli zupfte bewundernd an Sonjas flauschigem Pullover, der ein wenig die Hüften freiließ. „Die Sixties waren wirklich sexy", sagte sie.

„Komm Melli", Sonja nahm die Freundin am Arm, „bringen wir's hinter uns mit 'Wie-war-dochnoch-ihr-Name' ihrem Geschenk, äh, Nicole."

Ein kleines Türklingelchen bimmelte, als sie eintraten. Eine Graue-Maus-Verkäuferin fragte sie, ob sie ihnen helfen könne. „Nein", speiste Sonja sie barsch ab, und das bleiche Wesen mit unförmiger Hornbrille verzog sich in den hinteren Teil des etwas düsteren Ladens. Melli nahm irgendeine plumpe Plastikfigur in die Hand. „So was Dämliches hab ich ja noch nie gesehen." Beide lachten. Ein Gimmick stand neben dem anderen: Tischfeuerzeuge, die wie Vulkane geformt waren, phallische Lavalampen, über die sie kicherten, Tim und Struppi fehlten auch nicht, komische Uhren, bei denen an Stelle eines Zeigers eine Ente auf einer Wasserfläche ruckhaft vorwärts schwamm.

„Guck mal, wär das nichts für Nikki?" Melli hob einen Gartenzwerg mit dicker Zigarre im Grinsemaul hoch.

„Seit wann nennst du sie Nikki? Aber die Nikolle hat doch gar keinen Garten. Und außerdem ist sie militante Nichtraucherin", knurrte Sonja, „ist mir oft genug damit auf die Eier gegangen." Wieder lachten beide, kurz begleitet vom erneuten Bimmeln des Türglöckchens. Sie beachteten es nicht weiter, zumal sie hinter einem Regal standen und niemanden sahen.

„Das hier ist doch ganz niedlich", meinte Melli dann und zeigte auf ein aufblasbares Sabberlätzchen.

„Zwanzig Mark für so'n Schmu, aber warum

eigentlich nicht? Kann sie vielleicht auch als Schwimmflügel benutzen. Ist sowieso egal, sie schmeißt es doch in die Abstellkammer."

Sie gingen in dem verwinkelten Laden umher und suchten die Verkäuferin.

„Das Biest muss sich versteckt haben", flüsterte Sonja Melli zu.

Tatsächlich war die Verkäuferin nirgendwo zu entdecken.

„Ich geh sie mal suchen", sagte Melli, schob eine Art indianischer Decke, die vor einer Tür hing, zurück und verschwand in einem dunklen Gang.

„Tu das, tu das", brummte Sonja zerstreut. „Typisch Melli", fuhr sie zu sich selbst fort, „anstatt einfach zu türmen, rennt sie dieser unfähigen Verkäuferin auch noch nach." Sie betrachtete einen Bierseidel aus Zinn. - Was Blöderes gibts doch gar nicht. Sie spürte einen leichten Kopfschmerz, ein Stechen in der Schläfe. Eine Kuckucksuhr tickte, im Laden wurde es dunkler. - Dass die Sonne schon so schnell untergeht, dachte sie. Herbst eben. Sie sah auf die leere Straße, ein paar Blätter lagen auf dem Gehweg. Warm war es hier im Laden nicht, und einen Stuhl gabs auch nicht. Wo blieb Melli bloß? Hielt wahrscheinlich ein gemütliches Schwätzchen mit der Tante, bei einem Tässchen Tee und Keksen. - Du meine Güte, jetzt reichts mir aber! Sie ging auf den Vorhang zu. Seltsamer Laden. Weit entfernt meinte sie, ein Geräusch zu hören. Und merkwürdigerweise verschwand, je näher sie diesem halben Teppich kam, ihre Energie, ihre

Schritte wurden langsamer, die Beine schwer. Ins Dunkel spähend hob sie den schweren Stoff. Irgendwo musste hier doch ein Lichtschalter sein. Sie tastete sich an der Wand entlang. „Melli?", rief sie ins Dunkel und tappte über den Teppichboden. Sie lauschte so angestrengt, dass in ihren Ohren ein Summen entstand. Sie bildete sich ein, unterdrücktes Atmen zu hören. Inzwischen ging sie nur noch ganz langsam, schob einen Fuß vorsichtig vor den anderen, so als könnte sich vor ihr plötzlich ein tiefer Spalt auftun, - umkehren, dachte sie, zurück zum Laden laufen, aber vielleicht war ja da hinter ihr schon etwas, das sie verfolgte. Und immer noch kein Lichtschalter. Doch da fühlte sie Plastik unter ihren Fingern, drückte ungeduldig darauf, aber nichts geschah. Der Gang schien einen Knick zu machen, vor sich sah sie jetzt etwas, die Dunkelheit wurde körnig grau. Ihre rechte Hand griff plötzlich ins Leere, eine Tür, ihr Herz schlug jetzt wie verrückt, so laut, dass es sie verraten würde, dachte sie. Sie versuchte, sich Mut zu machen, atmete tiefer, richtete sich höher auf, spannte die Muskeln an. Was ist das für ein Raum? Sie geht hinein. Dort steht eine Art Ungetüm, vielleicht ein Ofen, sie kann es nicht genau erkennen, und davor, ihr stockt der Atem, ihre Nackenhaare sträuben sich, davor liegt etwas, ein Mensch, sie beugt sich herab, dreht sich so, dass sie mit dem Gesicht zum hinter ihr dunkel gähnenden Türrahmen steht, so dass niemand sie überraschen kann. Ist es Melli, sie befühlt das Gesicht, spürt etwas Klebriges, Blut, sehr schwarz, läuft über das graue Gesicht, aber durch die Nase fährt Luft über Sonjas Handfläche, der Mensch lebt. Sie erkennt die Verkäuferin, ohne Bewusstsein liegt sie da, und nun ergreift Sonja Panik. - Was hat das zu bedeuten? Nur raus hier! Aber Melli! Was ist mit Melli geschehen? Hier kann ich nicht warten, hier wird er mich finden. Sie versucht, etwas in der schwarzen Türöffnung zu erkennen. Das Fenster hinter ihr ist vergittert, und wenn sie hinläuft, um es zu öffnen und hinaus zu schreien, müsste sie der Tür den Rücken kehren ... Nein, sie muss weiter diesen Gang entlanggehen. Das Summen in ihren Ohren wird immer lauter, es ist die Stille, die so rauscht oder das eigene Blut. Sie streckt eine Hand durch die Türöffnung, gewissermaßen als Köder hinaus und erwartet, dass sich jemand darauf stürzt. Wenn sie ihn nur erst vor sich hätte, den Wahnsinnigen, der irgendwo hier in der Nähe auf sie lauert. Nichts geschieht, und sie schiebt sich um den Türrahmen herum in den Gang hinein, geht weiter. Ihr scheint es so, als liege irgendein merkwürdiger Geruch in der Luft, den sie jedoch nicht benennen kann. Ist das Blut? Der Geruch frischen Blutes, der, wie sie sich erinnert, Schweine, die zur Schlachtung getrieben werden, vor Angst wahnsinnig macht? Ein metallischer, fetter Geruch? Wie lang dieser Gang ist. Der Teppichboden unter ihren Füßen gibt ein patschendes Geräusch von sich, und sie hält inne. Sie reißt die Augen so weit wie möglich auf, aber sieht doch nur Schwarz vor sich. Sie schnüffelt leicht. Es ist ein Parfümgeruch, der in der Luft steht. Ihre Schuhsohle scheint ein wenig festzukleben, mit der anderen tritt sie auf etwas Weiches, stößt einen Schrei aus und zuckt zurück. Dort auf dem Boden liegt etwas bewegungslos. O nein! schießt es ihr in einem fort durch den Kopf, sie kann nichts anderes mehr denken. Sie geht auf die Knie, flüstert leise „Melli?", schiebt sich näher, tastet sich heran, dann fühlt sie die schlaffe, kleine, warme Hand von Melli, ja, es ist Melli! Sonja kriecht näher, fühlt Mellis Büroanzug, aber wo ist ihr Kopf? Er scheint zurückgesackt, in den Nacken. Sonja greift Melli an den Armen, zerrt sie den Gang entlang, irgendwo muss hier doch Licht sein. Und wenn dort nur eine Betonwand ist? Ohne Tür? Ist da ein Geräusch gewesen? Hat der Lärm, den Mellis über den Boden schleifender Körper macht, es übertönt? Aber da ist doch etwas? Kommt es von vorne oder von hinten? Und Melli ist so schwer. „Melli, Melli", flüstert sie, Mellis Kopf pendelt zwischen Sonjas Unterarmen, schlägt dagegen. „Melli, Melli." Dann ist da plötzlich ein verhangenes Oberlicht, und Sonja sieht im Grau Mellis Gesicht. Sie springt zurück und schreit auf: Melli liegt da mit offenen Augen, sie ist tot, ihr Hals ist halb durchtrennt, der Kopf hängt seitlich herab, schwarzes Blut überall. Sie will loslaufen, nur loslaufen, aber hier geht es nicht weiter, keuchend sucht sie einen Ausgang, eine Tür, den ganzen langen Gang zurück, sie dreht sich schnell immer wieder um die eigene Achse, damit der Mörder keinen Angriffspunkt hat, den ganzen langen Gang, los! Sie macht den ersten langen Schritt über Mellis Leiche hinweg, springt, da sieht sie im Augenwinkel eine Gestalt, die sich aus dem Dunkel der Wand löst und sie anfällt, fühlt einen tiefen Stich im Oberarm, etwas schlägt auf dem Boden auf, Sonja läuft schreiend weiter, prallt in der Biegung des Gangs gegen die Wand, weiter, nur weiter, raus hier! Sie rennt durch den Vorhang, reißt ihn herunter, meint, hinter sich Schritte zu hören, sie ist im Laden, zieht die klirrende Tür auf und läuft schreiend die Straße hinunter, ein Passant dreht sich nach ihr um.

Erst nach Hunderten von Metern blickte sie im Laufen zurück, sah niemanden, aber auch hier war es dunkel, unter den Bäumen glänzten nasse Stellen. Sie sah einen Laden, eine Art Tante-Emma-Laden im Souterrain, und lief zwischen den Zeitungsständen dort hinein, wo es hell war, wo Menschen waren. Schweiß stand ihr auf der Stirn, sie hatte einen Blutgeschmack im Mund.

„Rufen Sie die Polizei!", schrie sie.

Der Ladeninhaber, der einen weißen Kittel trug und gerade Leber verpackte, sah sie fragend an. „Beruhigen Sie sich erstmal, junge Dame. So schlimm wird es ja wohl nicht ..."

„Telefonieren Sie schon!" schrie sie.

„Ändern Sie erst einmal Ihren Ton. Das ist ja ..."

Sonja begann hysterisch zu kreischen.

Der Inhaber verschränkte die Arme und wollte es zuerst wohl auf einen Machtkampf ankommen lassen, dann aber verlor er bei dem schrillen Dauerton die Nerven und versuchte, Sonja aus seinem Laden zu schieben.

Plötzlich war das Brüllen einer tiefen Raucherstimme aus dem Hintergrund zu hören. „Verdammt nochmal! Ruf endlich die Polizei, du … du …" Eine Frau, die Hildegard Knef ähnelte, trat hinter einem Stapel Waschpulver hervor und beendete unter Husten den Satz: „Vollidiot!"

Sofort lief ihr Mann in einen Sperrholzverschlag, wo man ihn wählen und herumstottern hörte. Seine Frau, deren Hustenanfall vorüber war, klopfte Sonja auf die Schulter und schob sie zum Telefon.

Sonja stammelte die nötigen Informationen in den Hörer.

„Und du gehst Gurkengläser sortieren, Bert. Vergiss nicht: Die nach Schlesischer Art nicht mit den Moskauer vermischen. Ich will nicht wieder dieses Kuddelmuddel. - Sie sind ja ganz bleich, Kindchen. Setzen Sie sich erstmal, möchten Sie ein Glas Wasser?"

„Nein danke", fielen Sonja die Worte monoton aus dem Mund, während sie sich auf das kleine Drehstühlchen hinter der Kasse sinken ließ.

„Bert!" schrie sie. Berts Kopf tauchte hinter Gurkengläsern auf. „Setz mal heiß Wasser auf!"

„Wie sprichst du eigentlich mit mir? Ich …"

„Mach schon."

Bert verschwand wieder im Sperrholzverschlag.

Sonja zitterte jetzt am ganzen Körper, weil die Anspannung etwas nachließ.

„Die Polizei wird ja gleich da sein. Keine Bange. So. Eine heiße Tasse Tee." Sie schnippste mit den Fingern und rief: „Rum!"

Folgsam brachte Bert eine Flasche Pott heran.

„Das wird dir gut tun, Kindchen."

„Nennen Sie mich nicht immer Kindchen", sagte Sonja schlapp.

„Sie wehrt sich! Das ist ein gutes Zeichen. Bald sind wir wieder obenauf, Kindchen."

Sonja zuckte resigniert die Achseln.

„So", sagte die Frau, zündete sich eine Zigarette an und machte es sich gemütlich, „und nun erzähl nochmal, was passiert ist."

Sonja sagte nichts.

„Na?"

„Keine Lust."

„Frech wird sie auch noch, Undank ist der Welt Lohn", lamentierte die Alte, „aber wenigstens ist sie wieder hergestellt."

Plötzlich begannen aus Sonjas Augen Tränen herauszukullern, ein Weinkrampf schüttelte sie. „Melli", schluchzte sie. „Melli." Sie heulte wie ein Kind und krümmte sich über dem schwarzen Kassen-Laufband zusammen.

Die Alte schenkte sich Rum in eine schmutzige Tasse ein und nippte daran.

Weinend schüttelte Sonja den Kopf. Hin und her, hin und her. Dann sprang sie auf und lief an der kurzen Regalreihe des winzigen Ladens entlang. Auf und ab, auf und ab. Sie sprach mit sich selbst. In ihrem Nuscheln konnte die Alte nur das

Wort 'Melli' hin und wieder erkennen. Immer noch ging Sonja auf und ab. Plötzlich jedoch kam sie nicht zurück. Die Alte, die an ihrem Rum genippt hatte, stand auf und fand sie kauernd hinter einem Stand mit Chips.

„Was machen Sie denn da, Kindchen? Sie brauchen sich doch nicht zu verstecken." Jetzt erst sah die Alte, dass Sonja Blut an den Händen und am Pullover hatte. Sie führte Sonja wieder nach vorne zur Kasse. „Warten Sie, ich hole Ihnen ein Erfrischungstuch. Hier ..." Sie begann, die Hände des Mädchens abzureiben. Sonja ließ das willenlos mit sich geschehen und starrte nur furchtsam hinaus auf die dunkle Straße.

„Ich hab Angst."

„Aber, Kindchen, hier kann Ihnen doch nichts passieren. Wir sind ja bei Ihnen." Sie drehte sich um und rief nach hinten: „Bert?"

Nichts rührte sich. Kein Geräusch außer Sonjas gelegentlichem Schluchzen.

„Bert?"

Jetzt wurde es der Alten selbst unheimlich, und sie zog eine Holzlatte unter der Kasse hervor.

„Bert?" rief sie noch einmal und ging langsam zu den Gurkengläsern. Die Gläser waren noch nicht vollzählig aufgestellt, einige standen kreuz und quer auf dem Boden. „Verdammt! Und wieder die Schlesischen mit den Moskauer durcheinander!", fluchte die Alte leise. Eine der Neonröhren flackerte. Die Alte hob die Latte und stand jetzt vor einem Vorhang aus breiten halbdurchsichtigen

Plastikstreifen, hinter denen es jedoch dunkel war, so dass man nichts sehen konnte. Plötzlich kam ein Kopf zwischen den Streifen hervor, und automatisch ließ die Frau die Holzlatte darauf niedersausen.

Bert stöhnte auf und sackte zusammen.

Seine Frau beugte sich zu ihm hinunter, streichelte den Benommenen und beschimpfte ihn liebevoll: „Bertchen. Warum hörst du auch nicht, wenn man dich ruft!"

Sonja sah den beiden aus verheulten Augen zu und hörte auf zu weinen.

In diesem Moment erhellte aufflammendes Blaulicht die Straße vor dem Laden, Bremsen quietschten.

Polizisten

Die erst vor wenigen Tagen zur Streifenpolizistin ernannte Cornelia Pörl lief durch die Gänge des Reviers. Ihr Herz klopfte aufgeregt. Heute würde sie zum ersten Mal mit dem Kollegen Embisch fahren, mit Karsten, denn für sich nannte sie ihn bereits nur noch bei seinem Vornamen. Sie lief am Umkleideraum der Männer vorbei, aus dem der herbe Geruch von Schweiß drang, und ihre Nasenflügel bebten leicht. Karsten! Sie sah seinen muskulösen Körper vor sich, kein Gramm Fett zuviel, die Bauchmuskeln zeichneten sich ab, bretthart. Ein einziges Mal hatte sie ihn während der Ausbildung mit nacktem Oberkörper gesehen, da musste er an einem Seil hochklettern. Seine langen Beine hatten das Seil umschlungen, seine starken Hände hatten hart zugegriffen, die anschwellenden Muskeln an seinen Armen waren ihr aufgefallen ... Aber eigentlich war sie schon vorher in ihn verliebt gewesen. Gleich als sie zum ersten Mal sein entschlossen hervorspringendes Kinn, die gerade Nase, die blauen Augen gesehen hatte, die Augen besonders, in deren Blick Tiefe lag und eine gewisse unbestimmte Traurigkeit. - Ja, es ist sein Blick, dachte sie, während sie auf den

Parkplatz hinauslief. Dort stand das grünweiße Auto, undeutlich sah sie Karstens Gestalt auf dem Fahrersitz. Sie stieg schnell ein, schlug die Tür zu, und sah ihn beim Anschnallen an. Es schien ihr so, als beiße er die Zähne aufeinander, denn seine Kiefermuskeln zeichneten sich ab und sein Kinn trat noch schärfer hervor.

„Das nächste Mal..." Seine Stimme war zwar nicht besonders tief, löste aber Schauer in ihr aus, die ihr zwischen den Schulterblättern bis hinauf in den Nacken liefen. „Das nächste Mal muss das schneller gehen."

Erst jetzt begriff sie, dass er ihr einen Vorwurf machte. Sie traute sich nicht, ihn anzusehen und beobachtete aus den Augenwinkeln, wie er am Schaltknüppel riss. Die Beschleunigung drückte sie tief in den Sitz hinein. Sie rasten über eine Brücke, gerade erhaschte sie noch einen Blick auf das Obdachlosenasyl, vor dem einige Männer standen.

Diese Penner müssen raus aus der Stadt.

Hatte er das gesagt? Oder hatte sie sich das nur eingebildet? Vorsichtig schaute sie zur Seite und musterte sein markantes Profil. Die Lippen waren schmal zusammengepresst, und sein Kiefer schien zu mahlen. Nein, er war ja ein Schweiger. Ein einsamer Wolf, der erst in ihren Armen ... Wahrscheinlich war es die Aufregung, die sie Stimmen hören ließ. Ihre Nerven waren angespannt, in letzter Zeit war zuviel Neues auf sie eingestürzt.

Sie jagten über eine Allee. Rechterhand sah sie

für einen Moment das Poppelsdorfer Schloss hell angestrahlt zwischen Bäumen aufblitzen, schon drückte sie eine Linkskurve gegen die Tür. Kaum hatte sie sich wieder aufgerichtet, bremste der Wagen schon so abrupt, dass sie den Gurt schmerzhaft gegen ihre Brust drücken fühlte. Karsten war schon hinausgesprungen und lief auf einen neonweiß beleuchteten Laden zu. Cornelia beeilte sich, schnallte sich ab, vergewisserte sich, dass ihre Waffe fest an der Hüfte saß und lief hinter Karstens großer Gestalt her. Sie bewunderte seine Zielstrebigkeit, sah, wie er eine verdächtige Person, die sich über einen am Boden Liegenden beugte, beiseite stieß und mit der Waffe bedrohte. „Keine Bewegung. Nehmen Sie die Hände hoch!" Von seiner Stimme ging etwas Gefährliches aus. Cornelia war sich sicher, dass er, käme es hart auf hart, ohne zu zögern schießen würde. Das schien auch die Verdächtige zu merken, denn sie stand zitternd vor einer mit Lebensmitteln bepackten Regalwand.

„Lassen Sie doch den Scheiß", war jetzt eine Stimme zu hören. Cornelia warf ihren Körper herum und griff nach ihrer Dienstwaffe. Eine verheulte junge Frau stand im toten Kassenwinkel. „Ich habe Sie doch gerufen. Das ist die Besitzerin des Ladens. Ihr Mann ist ohnmächtig geworden."

„Okay, beruhigen Sie sich", zischte Karsten. „Wir haben alles im Griff."

Cornelia ließ die Pistole sinken und begann dann, sie in ihr Halfter zu bugsieren. Sie sah, dass

Karsten seine Waffe noch immer im Anschlag hielt.

„Jetzt nehmen Sie doch endlich ihre dämliche Knarre weg", fuhr ihn die Blondine jetzt an.

Auf Karstens männlichen Zügen erschien ein Lächeln. Cornelia sah ihn gebannt an. Mit einer lockeren, fließenden Bewegung verschwand die Waffe in der Koppel.

„Zur Sache", schnarrte Karsten streng und ließ sich vom Stöhnen des Mannes auf dem Boden nicht beirren.

„Melli … meine Freundin ist dort drüben in dem Laden umgebracht worden", sagte die Blonde und schien kurz vor einer Heulattacke zu stehen.

„Jetzt mal langsam..." Cornelia sah, wie aufmerksam Karsten die alte Frau im Auge behielt, die sich um ihren Mann kümmerte. - Ich kann viel von ihm lernen, dachte sie, wer weiß, ob die beiden Alten nicht doch etwas mit der Sache zu tun haben? Vorsicht! „Was für ein Laden?"

„Na der Laden da drüben."

„Ich frage, was für ein Laden?"

„Schauen Sie doch selber nach!"

Karsten senkte seine Stimme und sprach jetzt betont langsam: „Ich mache Sie darauf aufmerksam, dass Sie mit einer Amtsperson sprechen."

„Ich weiß nicht, ein Gebrauchtwarenladen oder sowas."

„Na also! Ein Gebrauchtwarenladen. Na damit sind wir ja schon ein Stückchen weiter, nicht wahr?"

„Wenn Sie meinen." Das blonde Mädchen zuckte demonstrativ mit den Achseln.

- Ganz schön frech, dachte Cornelia. Wie würde ich mich verhalten, wenn Karsten, Herr Embisch, mich so verhören würde.

„Alles hübsch der Reihe nach", sagte dieser gerade. „Wer sind Sie eigentlich?"

Jetzt explodierte die Blonde. „Ist es denn zu fassen?! Dort drüben liegt meine Freundin, und Sie quatschen hier rum!"

„Trotzdem muss ich Ihre persönlichen Daten haben. Ausweis!"

Cornelia nahm all ihren Mut zusammen und warf beschwichtigend ein: „Zeigen Sie uns bitte Ihren Ausweis, und dann gehen wir gleich hinüber." Während sie sprach, fühlte sie Karstens Blick auf sich, ihre Stimme fand sie piepsig. Eine starke Spannung lag in der Luft, es war fast still, sah man vom leisen Stöhnen des Mannes auf dem Boden ab. Aber tatsächlich gab die Frau ihre Papiere heraus. Cornelia fiel noch etwas ein. „Sollten wir nicht einen Krankenwagen rufen?" fragte sie ihren Kollegen.

„Sicher", war seine kurze Antwort und mit lässiger Handbewegung zückte er ein Handy und rief den Notarzt. „So. Dann wollen wir uns das da drüben mal ansehen. Sie bleiben hier!" fügte er in harschem Ton hinzu.

Gemeinsam gingen Karsten und sie auf den dunklen Laden zu. Cornelia bewunderte die Selbstsicherheit, die er ausstrahlte. Ja, er war mutig.

Wie er die Tür aufstieß, etwas ins Dunkel hineinrief. „Ist da jemand?" Dann kurz zu ihr: „Ich gehe vor." Cornelia suchte den Lichtschalter, fand ihn, aber das Licht funktionierte nicht. Karsten zückte seine Taschenlampe. Hinter seinem breiten Rücken fühlte sie sich sicher. Sie sah den Lichtkegel über einen Vorhang gleiten. Die Luft war abgestanden, bemerkte sie. „Folgen Sie mir nicht so dicht." Seine Stimme war verändert, belegter. Einen Moment lang sah sie seine Augen: Im Schein seiner Taschenlampe glänzten die leicht hervorgewölbten Aug-äpfel fiebrig. Sie spürte seine Anspannung, ließ sich etwas zurückfallen, so wie er es wollte und sah, wie er um die Ecke bog. Sie folgte ihm langsam und roch seinen leichten Schweißgeruch. Sehr männlich und irgendwie beruhigend, fand sie. Als sie am Knick des Ganges war, umhüllte sie Dunkelheit. Hatte er seine Taschenlampe ausgeknipst? War er in einen anderen Raum gegangen? Sie traute sich nicht zu rufen. Sie ertastete einen Türrahmen und stieß mit dem Fuß gegen etwas. Sie beugte sich hinunter und fühlte kaltes Fleisch und etwas Klebriges. Wellen von Übelkeit stiegen in ihr hoch, ihre Hände wurden kalt und feucht, ihr wurde schwindlig, ein Sausen war in ihren Ohren, und in diesem Sausen ... waren da nicht leise Schritte? Sie wollte etwas krächzen. - Wo konnte sie sich verstecken? Aber es war zu spät. Etwas stürzte sich auf sie, warf sie auf die Leiche am Boden, würgte sie. Gegen diese bestialische Kraft hatte sie keine Chance, sie fühlte, wie ihre

Muskeln erschlafften, eine angenehme Fühllosigkeit überkam sie, fast war ihr alles egal, aber plötzlich flammte Licht auf, und sie sah in ein bekanntes Gesicht: Karsten! Der Druck um ihren Hals war sofort weg. Starr lag sie da und sah mit geweiteten Augen in sein schönes Gesicht, das grelle Licht einer Glühbirne blendete sie nicht. Völlig unbeteiligt sah sie zu, wie Karsten sich zur Tür umdrehte, sah sein eindrucksvolles Profil, sie drehte den Kopf etwas auf dem schmerzenden Hals und sah eine kleine Frau in der Tür stehen. Totenblass und zitternd stand sie da. Cornelia nahm all ihre Kraft zusammen und setzte sich auf. Unter ihr war etwas Weiches, im nächsten Moment sah sie die Blutlache neben sich und sprang auf. Ihre Knie waren weich, sie wankte und musste sich abstützen. Dann hörte sie Karsten schreien: „Wer sind Sie?"

Vor Cornelias Augen drehte sich alles, aber sie konnte doch noch erkennen, wie Karsten sich vor der schmächtigen Frau aufbaute. Cornelia hustete. Sie zwang sich, nicht hinter sich zu schauen, wo die Leiche lag. Wenn sie in der Lage dazu gewesen wäre, wäre sie davongerannt, aber wie ein schlaffer Sack lehnte sie an der Wand. Erst allmählich wurde ihr bewusst, dass Karsten die Frau bereits verhörte.

„Sie sind also die Inhaberin des Ladens."

Die Frau hatte eine ganz zittrige und heisere Stimme. Jetzt sah Cornelia, dass ihr Blut auf einer Seite des Gesichtes klebte. Sie stolperte hinaus, es war ihr egal, was Karsten jetzt von ihr hielt, aber sie musste raus.

„Wohin Frau Kollegin?" fragte er.

Cornelia würgte nur und winkte mit seltsam rudernden Armbewegungen ab. Merkwürdigerweise folgten ihr die zwei durch den Vorhang in den Verkaufsraum, wo es etwas heller war. Dort ließ sie sich erschöpft in einen Sessel sinken. Karsten richtete den Strahl seiner Taschenlampe genau auf das Gesicht der Frau. Die Frau blinzelte und hielt ihre Hand schützend vor die Augen.

„Was haben Sie in den Räumlichkeiten zu suchen gehabt?"

Die Zunge der Inhaberin war schwer, als sie antwortete: „Ich verstehe Ihre Frage nicht."

„Sind Sie betrunken?"

Schlampe.

Cornelia hörte auf, sich den schmerzenden Nacken zu reiben. Was war das? Hatte sie sich das nur eingebildet? Hatte er die Frau, die da kraftlos an einem Tisch lehnte und sich kaum auf den Beinen halten konnte, 'Schlampe' genannt? Nein, das ist mein Kopf, sagte sie sich, und ihr Kopf tat wirklich weh, aber gleichzeitig dachte sie bei sich, dass das Fragenstellen sicher nicht Karstens Stärke sei. Sie beschloss, ihn zu beschwichtigen. „Sie hat doch einen Schlag auf den Kopf bekommen, Herr Embisch. Sehen Sie doch, das Blut..."

„Das ist nicht gesichert."

„Kein Wunder, wenn sie benommen ist. Ich kann ihr das übrigens gut nachempfinden, Herr

29

Embisch."

Sie konnte sich die Bemerkung nicht verkneifen, obwohl sie wusste, dass von ihm keine Entschuldigung für den Würgangriff zu erwarten war. Sein Gesicht, soviel sie davon in der Dunkelheit erkennen konnte, verriet keine Gefühlsregung.

„Wie dem auch sei. Warum haben Sie uns nicht früher auf Ihre Anwesenheit aufmerksam gemacht?"

„Ich bin zu mir gekommen und losgelaufen."

„Nehmen Sie das zu Protokoll, Frau Pörl. - Haben Sie etwas gesehen und gehört?"

„Nein. Nichts."

Cornelia fragte: „Können Sie uns denn einfach einmal erzählen, was eigentlich geschehen ist."

Die Ladeninhaberin schilderte, wie die zwei Kundinnen hereingekommen waren, wie sie nach hinten gegangen sei und sich plötzlich an nichts mehr erinnern könne. „Dann bin ich aufgewacht und habe das Blut bemerkt."

„Vielen Dank", brachte Cornelia hervor, während Karsten irgendetwas notierte. Ihr grauste es schon vor dem, was nun kommen würde. Sie mussten zur Toten hinein.

„Wir brauchen Licht", stellte sie fest.

„Hier im Laden sind die Sicherungen", sagte die Inhaberin, ging um eine Ecke und sofort ging über ihnen summend und plinkend eine Neonröhre an. Auch hinter dem Vorhang leuchtete es gelblich auf.

Sie ließen sich Name und Adresse der Inhaberin

geben und schickten sie fort.

Danach schoben sie erneut den Vorhang beiseite, gingen den Gang entlang, auf dem sie jetzt überall blutige Schuhabdrücke sahen, und betraten den kleinen Raum mit der Leiche. Cornelia warf nur einen Blick darauf, wandte sich um und ging - gegen das Erbrechen ankämpfend - sofort wieder hinaus. Die toten Augen, die wie bei einer Puppe verrenkten Glieder, das weißbläuliche Knorpelstück Luftröhre, das aus dem klaffenden Kehlenschnitt ragte... Drinnen hörte sie Karsten umhergehen, laut atmen und irgendetwas zu sich selbst sagen. Sie hielt es nicht mehr aus, rief über ihren Rücken, dass sie vor den Laden gehe, schob den Vorhang wieder beiseite, - dieser furchtbare blutbefleckte Vorhang, dachte sie und riss ihn plötzlich in großer Wut herunter. Draußen auf dem Bürgersteig atmete sie erst einmal tief die Herbstluft ein. Sie bückte sich und hob eine Kastanie auf, die im Schein einer Straßenlaterne glänzte. Immer wieder strich sie mit ihren Fingern über die glatte Frucht, ja, sie ließ die samtene kühle Oberfläche sogar über ihre Wange gleiten.

Gedankenverloren stand Cornelia dort, bis die Ambulanz kam. Ein Arzt und ein Sanitäter liefen hinter ihr in den Laden hinein, aber sie beachtete sie kaum. Nach einer Weile trat jemand neben sie.

„Verdammte Schweinerei, was?" sagte Karsten. „Wer so was tut ... verdient nicht zu leben."

Cornelia wünschte, er würde schweigen. Das konnte er doch so gut. Gern hätte sie sich an ihn angelehnt, ihren Kopf an seine Brust gelegt.

Während sie auf der Rückfahrt neben ihm saß, wunderte sie sich über seine Ruhe. Sie sah auf seine großen Hände: Wie sie das Lenkrad hielten und wie hart sie greifen konnten, dachte sie, diese Hände, und wie schön es eigentlich war, als sie sich um ihren Hals geschlossen hatten und zugedrückt hatten, und wie schön es wäre, wenn diese starken Hände sie liebkosen würden ... - Bin ich noch normal? fragte sie sich plötzlich müde. Sie fühlte sich völlig zerschlagen. Das Ganze war zuviel für sie gewesen. Der erste Mord. - Und jetzt noch Protokoll tippen! seufzte sie innerlich. Während der ganzen Fahrt fühlte sie ganz intensiv Karstens Gegenwart, und auch als sie später, mitten in der Nacht, vor der laut brummenden, alten Schreibmaschine saß und immer wieder die Korrekturtaste drücken musste, fühlte sie unablässig Karstens Hände um ihren Hals und dachte an ihn.

Der Fotograf

Niko Schärf fotografierte gelangweilt den Eingang der kleinen Geschenkboutique. Reine Routinearbeit. Wie immer in solchen Fällen hatte er keine Chance, den eigentlichen Schauplatz des Geschehens zu betreten. Das blieb Gremser, dem Idioten von Polizeifotograf, vorbehalten. Er verzog abfällig die Mundwinkel über den rundköpfigen Kollegen, der mit wichtiger Miene wortlos an ihm vorübereilte und in dem Laden verschwand. Dank seines Informanten war Niko wieder einmal schneller am Tatort gewesen als Gremser, aber was half ihm das? Für ihn blieben nur die uninteressanten Äußerlichkeiten. Nicht mehr als eine Zugabe zu den Informationen eines Lokalartikels. Und wo war der Schreiberling des 'Stadt-Anzeigers'? Wie immer zu spät. Zum Glück musste er nicht auf diese lahme Krücke warten. Er konnte die Bilder gleich heute Abend unabhängig einreichen.

Nikos Blitzlicht ließ die grünen Lederjacken der Polizisten, die auf dem Bürgersteig herumstanden, aufglänzen. Einer, dessen Wanst von frittierten Schnitzeln und Zuckerblubber prall war, hatte die Frechheit, ihn wegzuschubsen. „Abstand halten", blaffte er.

Niko ging ein paar Schritte zur Seite. - Autounfälle sind spektakulärer, man kommt näher ran, dachte er, sah sein Spiegelbild in der Schaufensterscheibe und war mit sich zufrieden. Seine Erscheinung hatte etwas Künstlerisches, fand er: die große, schlanke Gestalt, die dunklen Locken, die männlichen Gesichtszüge, der offene gut geschnittene Trenchcoat; kein Wunder, dass die Frauen auf ihn flogen. Ohne direkt einen Zusammenhang herstellen zu können, erinnerte er sich jetzt an Tina, ihren schönen halbnackten Körper auf dem Ledersitz seines Wagens. Aber plötzlich sah er nicht ihr klassisches ebenmäßig schönes Gesicht, sondern eine von Narben entstellte Fratze. - Du bist überarbeitet, versuchte er sich selbst zu beruhigen und zwang sich, nach Motiven Ausschau zu halten. Nichts Besonderes auf dem Fußgängerweg: Kastanien, Kastanienschalen, zertretene, weiß zerkrümelte Kastanien. Er wandte sich um und sah, dass eine Straßenecke weiter ein Polizeiwagen vor einem hell erleuchteten Gemüseladen stand. Ob da was los war? Bestimmt mehr als hier vor dieser Boutique. Er sah zurück und bemerkte Gremser, der auf die Straße trat. Ein eigentümliches leichtes Lächeln schien um seine Lippen zu spielen, und Niko fiel auf, dass die schwere Kamera in der Hand des Fotografen etwas zitterte. Er war erstaunt, als Gremser ihn gegen alle Gewohnheit anredete. Oder sprach der Polizeifotograf nur mit sich selbst?

„Schöne Fotos. Sowas hatte ich bisher noch nicht. Sehr schön."

„Eine schöne Leiche?" fragte Niko.

„In der Tat. Ich freu mich schon auf die Abzüge."

Niko fragte sich, ob Gremser zu den Kollegen gehörte, die Privatsammlungen der grausigsten Leichenfotos angelegt hatten, Fotos, die z.B. jedes Detail nach einem Autounfall mit möglichst vielen Toten zeigten. Plötzlich hatte er wieder das Narbengesicht Tinas vor Augen. Was war das? Tina hatte doch keinen Unfall gehabt. Soweit er wusste, ging es ihr gut.

„Tja, Herr Kollege, an solche Aufnahmen kommen Sie nicht heran. Das bleibt uns wahren Profis vorbehalten."

Mit einem Mal fühlte Niko sich absolut nicht mehr wohl in seiner Haut, denn plötzlich verstand er, was es mit Tinas Narbengesicht auf sich hatte. Es erinnerte ihn an etwas, das einige Zeit zurücklag und von dem er geglaubt hatte, er hätte es verdrängt. Das genießerische Geschwätz von Gremser hatte es wieder zu Tage gebracht. Aber er wollte sich nicht erinnern.

„Man muss einfach vergessen," fuhr Gremser mit seinem herablassenden Geseier fort, „dass es Menschen sind, die Toten. Es sind ja auch keine Menschen mehr, es waren welche, jetzt aber sind sie es nicht mehr, obwohl ..."

Niko hoffte, er würde aufhören. Er wollte fortgehen, dies Gerede nicht mehr hören, aber wie gelähmt blieb er vor Gremser stehen, der seinen Film zurückspulte und herausnahm.

„ ... Obwohl, mulmig kann es einem schon werden, das Blut riecht ja so ...“

Verdrehtes Metall, zusammengeknautschtes Blech, knirschendes Glas und dieser Geruch ... Niko wandte sich ab, ließ Gremser stehen, hörte aber noch:

„In Schwarzweiß könnte das Blut auch Schokolade sein, das Rot kommt ja ungeheuer dunkel rüber, aber vor Ort der Geruch, das muss man zuerst einmal ertragen ...“

- Auf die Sitzpolster war es hingespritzt, dachte Niko, und da strömte es noch hellrot, dort bildete es dunkle glänzende Klumpen, lief über die Kopfstützen, aus den Türen auf den Asphalt, den Schotter ... und er? Gerade aus dem Bett geklingelt von seinem Informanten, noch warm, noch betrunken ... Und ein alter Hase bot ihm aus seinem Flachmann an. Er trank und sah auf das schreckliche Bild, auf die ineinander verkeilten Wracks, die deformierten Körper, verrenkt und zerquetscht, gespalten und geplatzt, ausgeblutet und zerrissen. Er hatte da gestanden und das Ganze plötzlich mit einem anderen Blick gesehen, einem Blick, von dem er nicht wusste, woher er kam, ein Insektenblick, ein kalter Blick durch eine Linse, durch ein Facettenauge, glitzernd: ein stillstehendes Ballett, ein auf der Spitze stehender Fuß ...

„Wohl zu zart besaitet, was?“ rief ihm Gremser

nach. „Hat das Blutbad da drin noch nicht mal gesehen und kriegt schon vom Erzählen Muffensausen. Ich geb Ihnen einen Rat, Junge: Das ist eben nur was für echte Profis. Nichts für euch Zeitungshanseln!"

Mechanisch, ganz ohne Neugier ging Niko auf den Gemüseladen zu. Wahrscheinlich hatte er in jener Nacht betrunken gegrinst, er sah sein Grinsen vor sich, aufgeheizt und verdummt vom Alkohol in jener Nacht, als er ...

Vor ihm sprangen ein finster blickender, durchtrainierter Polizist und seine Kollegin in den Wagen und fuhren los. Dadurch wurde der Blick auf das neonbeleuchtete Souterrain des Lebensmittelladens frei. Eine ältere Frau reichte dort gerade einem blonden Mädchen eine Tasse. Niko stieg die paar Stufen hinab.

„Der Rum wird Ihnen gut tun, Kindchen", hörte er die Frau sagen. Ein Mann in grauer Schürze fegte den Boden.

„Entschuldigen Sie, was ist denn passiert?" fragte Niko.

„Das geht Sie gar nichts an", schnappte die Alte.

„Ich bin vom 'Stadtanzeiger' und denke, unsere Leser ..."

„Bert", fast gelangweilt machte die ältere Frau dem Mann Zeichen, „zeig dem Mann mal, wo der Ausgang ist."

Bert näherte sich Niko mit dem Besen.

In diesem Moment hob das Mädchen, das bisher

nur ein wenig geschnieft hatte, den Kopf und sah Niko mit verweinten Augen an. Ihm fielen die langen, verklebten Wimpern und der schöne Mund auf.

„Eine Sekunde noch ..."

„Gehen Sie! Wir haben für heute genug Betrieb hier gehabt. Bert!"

Der Mann begann, ihn aus der Tür zu schieben.

„Fassen Sie mich nicht an!" rief Niko und sah das Mädchen hilfesuchend lächelnd an.

„Wir schließen", brummte Bert.

Plötzlich sagte das Mädchen: „Lassen Sie ihn. Er soll die Geschichte aufschreiben. Je mehr Leute sie hören, desto eher wird das Schwein gefasst."

„Ich verspreche Ihnen, dass ich mein Bestes tun werde." Niko sah sich um. „Wollen wir nicht in ein kleines Lokal gehen und vielleicht bei einem Glas Wein ..."

„Der hat ja gar keinen Bleistift, nur eine Fotokamera. Was meinst du, Bert? Das ist doch so ein Paparazzo."

„Nein, nein, das ist ein Missverständnis ..."

„Na dann zeigen Sie uns mal Ihren Ausweis."

„Also gut, ja, ich bin Pressefotograf für den Stadtanzeiger, aber ... ", er suchte den Blick des Mädchens, „ich verfüge über journalistische ..."

„Papperlapapp", unterbrach ihn die Alte.

Das Mädchen starrte nur vor sich hin.

„Lassen Sie mich wenigstens ein Foto machen", sagte Niko schnell, visierte an und blitzte.

Sofort sprang das Mädchen auf, schrie ihn

heulend an.

Niko war völlig verwundert und versuchte, sie zu beschwichtigen.

Sie forderte den Film von ihm, packte ihn am Trenchcoat, und als er zurückwich, riss sie ihm die Kamera aus der Hand.

„Machen Sie sich nicht unglücklich", rief er und fand das selbst etwas unpassend, „Sie müssen mir den Schaden ersetzen."

Weinend zerrte das Mädchen den Film aus der Kamera und gab sie ihm leer und tränennass zurück. Dann saß sie nur noch schluchzend da, und Niko sah ihre Schultern zucken.

„Jetzt hauen Sie schon ab", zischte ihn die Alte an.

Niko nestelte seine Karte heraus und versuchte, sie dem Mädchen in die Jackentasche zu schieben, aber Bert schlug sie ihm mit dem Besenstiel aus der Hand. Sie fiel auf das schwarze, leere Kassenband, auf dem feuchte Flecken waren. Tränenflecke wahrscheinlich, dachte Niko, während er die kurze Treppe hinaufstieg und sich noch einmal nach der weinenden Blondine umdrehte.

Das Gebäude des 'Stadtanzeigers' war ein dreistöckiger Würfel, circa fünfzehn mal fünfzehn Meter groß. Das untere Geschoss diente der Annoncenannahme. Außen war in Glasschaukästen die jeweilige Tagesausgabe aufgehängt, vor der jetzt ein waldschratiger Pilzkopf das Kinoprogramm studierte. Der Muff von dessen schlecht getrockneter Wäsche streifte Nikos Nase, bevor er im Gebäude verschwand. Mit dem engen Aufzug fuhr er in die erste Etage und betrat ein Zimmer der Lokalredaktion, um zu erfahren, was mit dem attraktiven blonden Mädchen eigentlich in dem Geschenkladen geschehen war. Tatsächlich saß dort schon Teubner, der Mitarbeiter, der Niko regelmäßig mit Informationen aus dem Polizeibereich versorgte und erzählte, was er gehört hatte. Teubner, ein Mittvierziger, machte auf jugendlich, wirkte aber innerlich verrottet.

„Die Kleine hat ihre Freundin gesucht und sie dann als Werk des Schlitzers wiedergefunden. Mit durchtrenntem Hals. Sauber. Von einem Ohr zum anderen."

„Das ist ja schrecklich", sagte eine unscheinbare Brünette, wahrscheinlich eine der vielen freien Mitarbeiterinnen.

„Aber nicht so schrecklich", sagte Teubner, „wie der Beitrag, den Sie mir heute auf den Schreibtisch gelegt haben." Er erntete beifälliges Gelächter. Plötzlich roch es in dem kleinen Raum mit den flimmernden Computerbildschirmen stark nach Alkoholfahne. Niko musterte die Gesichter seiner Kollegen: faltig, graurot, herabhängende Mundwinkel. Wahrscheinlich tranken alle.

Teubner, dessen Haut karottenrot von der Sonnenbank war, - wie ein versohlter Arsch mit hellen Striemen, dachte Niko, - griff sich triumphierend ein Blatt Papier und begann vorzulesen. Dabei zog er eine vulgäre Schnute, die er vielleicht süß fand, und seine dunklen Tränensäcke wackelten. „Beuel. Hoch ragt die Pappelallee noch in den Himmel", deklamierte er gehässig, und sein Spirituosenatem wehte zu Niko herüber. „Was soll denn das? Ist das etwa Journalismus?" fragte er in die Runde. „Was fehlt denn da?"

„Die fünf W's! Die fünf W's!", meldete sich ein Praktikant zu Wort.

„Gut, der Junge! Der wirds noch mal zu was bringen", kommentierte einer der Journalisten.

Wieder lachten alle, und Teubner fuhr fort vorzulesen. „Aber wie lange noch?" hauchte er und ließ dabei seine Zunge heraushängen.

„Mein Gott, hör auf damit, Teubner!", schrie jetzt der stellvertretende Redakteur für Lokales, ein dicker Mann in Lodenjanker, auf dem etwas Mayonnaise klebte. „Ich muss gleich kotzen!" Er stieß auf, Frittengeruch verbreitete sich im Raum, und er wandte sich direkt an die Verfasserin: „Sie verstehen ja nicht einmal die einfachsten Regeln des Handwerks. Kriegen Sie das nicht in ihren Schrumpfkopf hinein? Was haben Sie sich denn dabei gedacht?"

Die Verfasserin des Artikels, die schon die ganze Zeit krampfhaft und mit zitternder Unterlippe geschwiegen hatte, öffnete den Mund. Was ihr nicht gut zu Gesicht stand, wie Niko bemerkte. Gleichzeitig überlegte er, dass er, wenn sie nur entfernt so anziehend wie die weinende Blondine gewesen wäre, sicher versucht hätte, sie zu verteidigen.

„Ich dachte..." fiel nur mit wackliger Stimme aus ihrem Mund.

„Interessiert mich nicht!" donnerte der Stellvertretende die Erschrockene jetzt an. „Interessiert mich ganz und gar nicht! Sowas können wir nicht gebrauchen." Er schien Spucke zu sammeln, um sie jeden Moment auf die freie Mitarbeiterin zu speien.

Diese wurde kalkweiß und lief weinend aus dem Zimmer.

„Die werden wir nicht mehr so schnell wiedersehen." Zufrieden klappte der Schreier seinen müllschluckerartigen Mund zu. Teubner zerriss zur allgemeinen Heiterkeit das Manuskript und ließ es demonstrativ in den Abfalleimer plumpsen. Niko fiel auf, dass Teubner seinem Blick auswich. Im Prinzip war ihm das ganz recht, denn Teubners gleichzeitig wässriger und kalter Blick erinnerte ihn immer an jene Nacht. Es war Teubner gewesen, mit dem er allein am Unfallort geblieben war. Die Krankenwagen waren im Nebel verschwunden, es waren zu wenige gewesen, es hatte im Grunde genommen auch nicht mehr geeilt, niemand außer ihnen zwei war dagewesen, und Teubner hatte den Vorschlag gemacht ... Als sich jetzt doch kurz ihre Blicke kreuzten, schien es Niko so, als läge etwas Dreistes im Blick seines Mitwissers. Er sah sich selbst, wie er auf ein halbiertes Auto zuging, in dessen gestauchtem Fond ein helles Gesicht zu sehen war. Wie schon so oft, gelang es Niko, den Gedanken an das weitere Geschehen in jener Nacht zu verdrängen. Stattdessen bemerkte er, wie unruhig Teubner eigentlich war, wie mechanisch er lachte und wie er die zitternden Hände immer wieder in seinen Hosentaschen zu verbergen suchte. Teubner schien gar nicht mehr zuzuhören, sondern blickte immer nur wie gehetzt auf seine Uhr.

„Hast wohl Druck am Rohr", wurde er aufgezogen.

Teubner lachte gequält und sah wieder auf seine Uhr. „Nein. Ich erwarte noch einen Anruf. Ich muss los." Er stand auf und ging schnell an Niko vorbei.

Niko war froh darüber, dass er weg war, und wollte eben ein paar Fragen zum Mord in der Südstadt stellen, als jemand vom Gang hineinrief, dass Dr. Streck ihn sprechen wolle.

Dr. Dietrich Streck, seit Jahren verantwortlicher Redakteur für Lokales, lächelte Niko an. Kein schöner Anblick. Die Kinnlade schob sich dabei vor wie bei einem Nussknacker. Dr. Streck war stolz auf seine Implantat-Reihen. Oft ließ er bei offenem Mund unbewusst seine Zunge über die unteren Zähne entlang gleiten. Auf seinem fast faltenlosen, ungesund gedunsenen Gesicht lag eine feine Puderschicht. Mit honigsüßer Stimme bat er Niko Platz zu nehmen.

„Sie sind ein fähiger Fotograf, Herr Schärf. Ich beobachte Sie nun schon einige Zeit und wollte einmal mit Ihnen über Ihre weitere berufliche

Zukunft reden."

Niko, der etwas Unerfreuliches befürchtet hatte, lächelte.

„Ich könnte mir da durchaus einiges vorstellen ..." Dr. Streck ließ den Satz im Raum stehen und rieb sich die Mundwinkel, in denen sich etwas Spucke gesammelt hatte.

Niko wusste nicht, was er sagen sollte. Aber die Stille wurde derart drückend, dass er sich dazu entschied, etwas Unverbindliches zu äußern: „Also, ich ..."

Sehr zu seiner Überraschung hob Dr. Streck mit einer etwas koketten Bewegung, wie Niko fand, die mit einem schwarzen Onyx-Siegelring geschmückte Hand und legte den Zeigefinger auf seine vorgestülpten nassen Lippen. „Tss, tss, tss, Herr Schärf. Ich denke, für solch eine ...", der ältere Mann musterte ihn langsam und fuhr sorgfältig die Wörter wählend fort, „Vereinbarung ... braucht man ein geeignetes Ambiente, meinen Sie nicht? Sie sind doch ein Mann von Geschmack, wie ich höre."

Niko spürte plötzlich seinen Magen. Es war, als habe ihm jemand eine kalte Hand auf den Bauch gelegt. Er konnte den Blick, den Dr. Strecks dunkelbewimperte Augen durch die runde Brille auf ihn warfen, nicht mehr ertragen. Niko sah auf das Bild des Bürgermeisters, das an der Wand über dem Faxgerät hing. Der Bürgermeister bleckte merkwürdig die Zähne; das war auch nicht besser. Und ohne etwas dagegen tun zu können, hatte Niko plötzlich wieder ein Bild aus jener Nacht vor

Augen. Ein hübsches Mädchengesicht, dessen eine Seite aber wie weggeschmolzen war, dort hatten die Zähne bloßgelegen, es hatte keine Lippen mehr gegeben, wodurch die Zähne lang und gekrümmt wirkten. Wie bei dem skelettierten Hasenschädel, den er als Kind einmal ... Er bemühte sich, das Bild niederzuzwingen.

„Herr Schärf", flötete Dr. Streck, „Sind Sie noch bei mir? Mein Freund, der Herr Bürgermeister, scheint es Ihnen ja angetan zu haben."

„Entschuldigen Sie, Herr Doktor."

Der süßliche Geruch nach altem Mann setzte Niko immer mehr zu, bedrängte ihn. In seinem Kopf rasten die Gedanken durcheinander. - Konnte der Redakteur von dem Foto wissen? Hatte Teubner ihm etwas von jener Nacht verraten?

Genüsslich lehnte Dr. Streck sich in seinem Bürosessel zurück.

„Ich habe mir Folgendes ausgedacht, Herr Schärf." Dr. Streck nahm seine Brille ab und steckte ein Bügelende in den Mund. „Ich hoffe, Sie werden mir keinen Korb geben ..."

- Teubner war heute anders als sonst gewesen. Aber das Foto hatte doch der Sammler. Sollte Teubner das Foto ...?

„ ... wenn ich Sie heute Abend zu einem Essen im kleinen Kreis einlade?"

Niko ärgerte sich über seine Servilität. „Das wäre ..."

„Tss, tss, tss ..." Wieder hob sich der Finger und legte sich auf die eingespeichelte Unterlippe.

„Wollen Sie denn gar nicht wissen, wo wir uns treffen?" Ein amüsiertes nachsichtiges Lächeln lag auf Dr. Strecks Zügen. „Merlot. Neun Uhr", sagte er dann plötzlich in knappem, geschäftlichem Ton und wandte sich, ohne noch einen Blick auf Niko zu werfen, den Unterlagen auf seinem Schreibtisch zu.

Die Todespassage

Sonja war froh gewesen, der Alten und dem Ladengeruch nach saurer Milch zu entkommen. Sie konnte nicht mehr weinen, und ihr war ganz übel. Das Angebot, sie zu begleiten, hatte sie abgelehnt und war, gestützt von Bert, die Treppenstufen zur Straße hinauf gewankt. Dort atmete sie die kühle Luft tief ein. In ihrem Kopf klarte es etwas auf, und sie ging unter den Kastanien entlang. Sie trat vorsichtig auf, denn in der Dunkelheit konnte sie vor ihren Füßen kaum etwas erkennen. Hin und wieder eine helle Schale, die ihr die Igelstachen entgegenstreckte. Eine Kastanie kollerte vor ihr her. Sehnsüchtig hielt sie nach hellen Fenstern Ausschau, in die sie hineinsehen konnte. Dort war eines: Eine kleine Familie saß am Küchentisch. Sonja ging daran vorbei. Nun kam eine völlig dunkle Strecke. Eine Laterne war wohl ausgefallen. Eiben umstanden ein Kriegerdenkmal. Sie schaute nach vorn und lauschte angestrengt auf Geräusche hinter ihr. Waren das Schritte? Sonja beschleunigte ihren Gang und bereute, dass sie die Begleitung des Verkäuferpaars abgelehnt hatte. Sie kam jetzt zwar wieder an beleuchteten Wohnungen vorbei, aber in keiner war auch nur ein Mensch zu sehen. Von hohen, perfekt renovierten, mit Stuck verzierten Decken hingen geschmackvolle Lampen, an den Wänden standen antike Schränke und Standuhren, aber es wirkte, als wären diese Räume unbewohnt. Von dort war keine Hilfe zu erwarten. Waren die Geräusche, die sie hinter sich zu hören meinte, nur das Echo und der Nachhall ihrer eigenen Schritte? Sie lief jetzt, und in ihrem Kopf wiederholte sich nur noch ein Gedanke: - Ich kann nicht mehr, ich kann nicht mehr, ich kann nicht mehr.

Mit letzter Kraft stieg sie die Treppe hinauf. Und wenn der Mörder schon in ihrer Wohnung war? Und auf sie wartete? Sie musste sich zusammenreißen und kramte hektisch in ihrer Tasche nach dem Schlüssel. Am Türschloss war nichts Auffälliges zu sehen. Sie schloss die Tür hinter sich und horchte in die Wohnung. Aber sie hörte nur ihr Herz, das laut klopfte. Dann kontrollierte sie die Küche, ihr Zimmer und das Bad. Sogar in der Abstellkammer sah sie nach. Jedes Mal wenn sie hinter einer Tür nachschaute, rauschte das Blut in ihren Ohren. Schnell schloss sie alle Fenster und die Balkontür.

Sie setzte sich neben das Telefon. Jetzt setzte die Stille ihr zu. Sonja schaltete das Fernsehen ein. Aber sie konnte sich nicht auf die Bilder konzentrieren. Immer sah sie anderes vor sich: Mellis Gesicht im Halbdunkel, ihren kleinen Körper auf dem Boden liegen. Kleine, korrekte Mel. Wäre sie doch nicht die Verkäuferin suchen gegangen! Hätten sie doch das Geschenk einfach mitgenommen! Sonja hielt den Gedanken daran nicht aus. Im Sessel wollte sie auch nicht mehr herumsitzen. In diesem Moment meinte sie, hinter sich ein leichtes Schaben zu hören, und drehte sich herum. Vielleicht ein Zweig am Fenster. Aber reichten denn überhaupt Zweige an ihre Fenster heran? Sie ging auf das Fenster zu und sah in die Dunkelheit hinaus. Ja, da war dieser kahle Baum, und es wehte ein Wind. Das konnte schon sein. - Ich muss mich beruhigen, sagte sie sich und ging in die Küche. Schaltete dort das Radio an. Klassische Musik. Das machte sie noch nervöser. Sie suchte einen anderen Sender. Hauptsache seicht. Nicht anstrengend. „Hier muss doch noch eine Flasche …“, sprach sie mit sich selbst, und die eigene Stimme, obwohl sie dumpf und ungewohnt klang, tat ihr gut. Nein, sie konnte jetzt nicht allein sein. Das hielt sie nicht aus. Sie beschloss, Andrea anzurufen und wählte die Nummer.

Sonja hörte ein lautes Dauergeräusch im Hintergrund.

„Hallo, Andrea?“

„Ja?“

„Es ist...“, sagte sie stockend, „Etwas Schreckliches ... ist ... passiert.“

„Sonja, bist du's? Was denn?“ Andrea war kaum zu verstehen. Das Sirren wurde jetzt mal lauter mal leiser. „Hat dir jemand das süße Teil von Esprit weggeschnappt?“ Andrea lachte.

„Nein, nein, Andrea …“ Sonja kam nicht dazu, weiter zu sprechen, denn Andrea unterbrach sie.

„Ist es wirklich was Ernstes?" Das Sirren hörte auf. „Nein, mach ruhig weiter, Francois. Die Frisur soll ja heute noch fertig werden." Das Dauergeräusch des Föns setzte wieder ein. „Also, was ist denn nun? Irgendwas mit deinem Job?"

„Nein. ... Melli ist tot."

„Melinda? Tot? Das gibts doch gar nicht. Wie ist das denn ...?"

Sonja kämpfte mit den Tränen. „Jemand hat sie umgebracht."

„Was? Das ist ja unglaublich!"

„Jemand hat ...", Sonjas Stimme wurde immer zittriger...

„ ...sie umgebracht", ergänzte Andrea. „Das weiß ich jetzt."

„ ... hat ihr ...", Sonjas Stimme brach ganz weg, und sie schluchzte nur noch.

„Was? Ich versteh dich so schlecht, Sonja. Finger weg, Francois! Jetzt nicht! Wie war das? Sonja? Sonja? Das muss ich gleich ... Melinda ermordet? Sonja? Bist du noch dran? Treffen wir uns doch heute um halb elf im Millers. Sei mir nicht bös, aber ich hab jetzt absolut keine Zeit mehr. Francois! Francois, jetzt seien Sie doch nicht gleich beleidigt! Ciao, Sonja. Bis heute Abend." Andrea legte auf.

Wie betäubt saß Sonja da. Sie konnte sich noch nicht einmal über die Freundin ärgern. Wieder kratzte es an der Fensterscheibe, und sie zuckte zusammen. Das Glas spiegelte, und sie konnte nicht nach draußen sehen. Wenn sie das Licht ausmachte, würde sie erkennen können, wenn dort jemand auf dem Balkon stünde. Es war leicht, an der Hauswand hinaufzuklettern und sich über das Geländer zu schwingen. Aber es grauste Sonja davor, jetzt im Dunkeln zu sitzen. Um sich abzulenken, schaute sie auf den Fernsehschirm. Aber während sie auf die Gesichter einer Talkrunde starrte, musste sie fortwährend an Melli denken. Sie konnte dem Gerede der Leute überhaupt nicht folgen und ertappte sich dabei, dass sie nur auf die Spiegelung des Bildschirms achtete, um ihr Gesichtsfeld nach hinten zu erweitern. Die Stille lastete schwer auf ihr, und fast automatisch wählte sie die Nummer von Natascha. Sie musste es lange klingeln lassen.

„Mmh?", meldete sich Natascha schließlich genervt.

„Hallo, hier ist Sonja."

„Kannst du mich später nochmal anrufen?" kam es kurzangebunden aus dem Hörer.

„Ich wollte dir nur sagen, dass etwas Schreckliches ..."

Am anderen Ende der Leitung wechselte der Hörer wohl von einem Ohr Nataschas zum anderen. „Weißt du, ich lieg hier gerade auf der Couch, und, du verstehst, nicht allein ... Was? Etwas Schreckliches?" Natascha lachte plötzlich. „Hör auf, mich zu kitzeln, René!", sagte sie streng. Etwas streifte am anderen Ende der Leitung die Sprechmuschel. „Das ist schon viel besser." Sie seufzte. „ ... Sonja? Ich kanns mir schon denken! Nimm die Pille danach und ..."

„Nein, es ist etwas mit Melli."

Von leichtem Schmatzen unterbrochen nuschelte Natascha „Ich ruf dich gleich wieder an, Sonja, kann nicht lange dauern" und legte auf.

Sonja stand auf und ging im Zimmer auf und ab. In Bewegung bleiben, keine Zielscheibe abgeben! Sie merkte, dass sie völlig übertrieb, aber konnte nichts gegen diese Gedanken tun. Bald würde sie gar nicht mehr spüren, wie überdreht sie war. Davor hatte sie Angst, denn dann war es nicht mehr weit, bis sie durchdrehte. Ihre besten Freundinnen hatten keine Zeit für sie, aber sie musste mit jemandem sprechen. Hastig blätterte sie ihr Notizbuch mit den Telefonnummern durch. Entmutigt stellte sie fest, dass niemand in Frage kam. Normalerweise wurde sie angerufen, und Problemgespräche hatte sie eigentlich nur mit Melli geführt. Melinda. Da stand ihr Name. Geistesabwesend blätterte sie weiter und gelangte zu einer Seite, auf der ein Name durchgestrichen war: Renate. Vor Sonjas Augen tauchte ein Gesicht auf. Etwas pausbäckig, stupsnasig, mit Igelfrisur. Sie hörte ein etwas unfrohes Lachen und sah, wie sich Renates kleiner Mund verzog. Sie sah die muskulöse kleine Gestalt nackt auf sich sitzen. Sonja stellte fest, dass sie recht lang nicht mehr an die Zeit mit Renate gedacht hatte. Sie musste die Erinnerung verdrängt haben, sie war ihr unangenehm. Auch jetzt beschlich sie wieder das beklemmende Gefühl, das sie immer im Zusammenhang mit Renate gehabt hatte;

besonders nachdem sie sich so plötzlich von ihr getrennt hatte... Aber nun empfand sie es eher als ablenkend von den verzweifelten Gedanken an Melli. Renate hatte Melli nicht gemocht. Sie hatte niemanden gemocht, der Sonja mochte. Sonja fragte sich, wie sie es nur im Bett mit Renate hatte aushalten können. Eine Verirrung, das Ganze. Sie war nicht lesbisch, - bi vielleicht. Aber hatte sie wirklich Renate gebraucht, um das herauszufinden? Renate hatte sie geliebt, das war Sonja klar, und Renate hatte einen unbeugsamen Willen. Nach der Geschichte mit Sascha hatte Sonja erstmal genug von Männern gehabt, und es war ihr gerade recht gewesen, sich von einem Wesen, das sie liebte, umsorgen und verwöhnen zu lassen. Auch wenn dieses Wesen eine Frau war. Und auch wenn es so aussah und roch wie Renate? Aus heutiger Sicht konnte sie das nicht mehr verstehen, aber so schlimm war es ja nun auch wieder nicht gewesen. Eins stand jedenfalls fest, wiederholte Sonja sich: Renate hatte sie geliebt. Renate war zusammengebrochen, als Sonja sie verlassen hatte. Ein bisschen hatte sie ihr schon leid getan, auch wenn sie eigentlich nichts an ihr wirklich gern gehabt hatte: das umständlich gewählte Sprechen, die Humorlosigkeit, das Bürgerliche ... Hatte es überhaupt etwas gegeben, was ihr liebenswert erschienen war? Wenn Renate ihre Brille abnahm und nichts mehr sehen konnte, fiel Sonja ein, dann hatte sie sie wenigstens ein bisschen gemocht. Aber nur ein bisschen, und das nur im Rückblick, dachte

Sonja. Trotzdem: Renate hatte sie geliebt! Renate liebte sie wahrscheinlich noch immer. Renate würde zuhören. Also wählte Sonja die Nummer, die sie unter dem Gekritzel entzifferte.

„Anschluss 734847." Sachlich. Schnell. Niemand konnte sich so unsympathisch melden wie Renate. Sonja dachte kurz daran, wieder aufzulegen, sagte aber dann ihren Namen. Daraufhin trat Stille ein. Sonja entschuldigte sich und wollte schnell auflegen, als die Stimme Renates fragte, warum sie anrufe.

Daraufhin erzählte Sonja die ganze schreckliche Geschichte, ohne dass Renate sie auch nur ein einziges
Mal unterbrach. Sie hörte nur das leichte Pfeifen durch die kleine Nase, das von Renates Polypen herrührte.

Schließlich fragte Renate mit etwas unsicherer Stimme, wie Sonja bemerkte, warum sie das alles ausgerechnet ihr erzähle.

„Ich hab' niemand anderen", antwortete Sonja und hörte darauf eine Art Schnaufen in der Leitung.

„Findest du das nicht unpassend?" Der von Renate wohl beabsichtigte inquisitorische Ton drang seltsam milde an Sonjas Ohr. „Angesichts dessen, dass wir uns ..."

Sonja ließ sie ihre Worte nicht zu Ende wählen: „Ich habe gewusst, dass du mir zuhörst."

„Dafür bin ich wohl noch gut genug", sagte Renate bitter und schien selbst von ihrer

Empfindlichkeit überrascht.

Sonja, die ein Geräusch im Nebenzimmer gehört hatte, sagte schnell: „Renate! Ich hab Angst!"

„Das hätte ich an deiner Stelle vielleicht auch."

„Können wir uns nicht treffen, Renate?", bat Sonja.

Ein Zögern. „Morgen vielleicht."

„Nein sofort!" rief Sonja.

„Wo denn?"

„Im Café Mokito."

„Nein, das passt mir schlecht."

„Wo du willst."

„Im Steakhaus neben dem Stadtanzeiger um halb neun."

„Gut", sagte Sonja erleichtert.

„Und, Sonja?"

„Ja?"

„Komm nicht zu spät."

„Ja", antwortete sie, aber Renate hatte bereits aufgelegt.

Sonja war sich nicht sicher, ob sie nicht einen Fehler gemacht hatte. Sie beschloss, nicht darüber nachzudenken und griff hastig nach ihrer Tasche. Sie schaute gerade angestrengt durch den 'Spion' ins dunkle Treppenhaus, als das Telefon klingelte.

„Natascha?" fragte sie.

„Sonja? Hier ist dein Vater."

Sonjas Beine gaben unter ihr nach, und sie sank in den Sessel. Wie lange hatte sie seine Stimme nicht mehr gehört? Sicher mehr als zwei Jahre. Gesehen hatte sie ihn schon seit fünf Jahren nicht mehr. Er war ständig auf Reisen, schrieb keine Postkarten oder Briefe, hatte keine Anschrift hinterlassen, und eine Telefonnummer von ihm hatte sie auch nicht.

„Entschuldige den Überfall", sagte der Vater.

Sonja hatte ein mulmiges Gefühl im Magen. „Es ist so lange her, dass ..."

„Ich weiß. Und es tut mir leid. Ich bin erst jetzt wieder in die Zivilisation zurückgekehrt."

Seltsamerweise hatte Sonja bei diesen Worten die Vorstellung, der Vater sei aus dem Dschungel zurückgekommen. „Wo bist du?" fragte sie.

„In einem Hotel in Gent. Was liegt dir auf dem Herzen, Sonja? Ich höre doch, dass etwas nicht in Ordnung ist."

Erleichtert, sich mitteilen zu können, erzählte Sonja ihm die furchtbare Geschichte. Gelegentlich war dabei vom Vater ein kurzes Räuspern zu hören.

„Leider habe ich noch ein wichtiges Treffen, Sonja. Wenn ich das gewusst hätte … Aber ich melde mich wieder. Versprochen."

„Danke, Vater", sagte sie, und merkte, wie ungewohnt ihr das Wort 'Vater' eigentlich war. Ja, es hatte ihr gut getan, dachte sie, endlich einmal wieder von ihm zu hören. Sie sah noch einmal durch den Spion: Jetzt war das Treppenhaus beleuchtet. Frau Mühle von oben ging vorüber, also war nicht viel zu befürchten. Sonja war erleichtert, endlich ihre Wohnung zu verlassen.

In der Straßenbahn schien es ihr so, als sähen alle Mitfahrenden sie an. Besonders ein Mann mit eingefallenen Wangen, der zwei Reihen weiter saß, musterte sie auffällig. Dabei strich er mit seinen langen Fingernägeln fortwährend über eine Plastiktüte, in die er irgendetwas eingewickelt hatte. Eine Frau mit eitergelbem Gesicht und schwarzen Ringen unter den Augen fixierte sie seitlich. Sonja stand auf, und beide Beobachter standen ebenfalls auf. Sie stieg aus, und beide folgten ihr über die Straße. Wenn sie schneller ging, schienen die beiden auch schneller zu gehen. Jetzt bog die Frau in eine Seitenstraße, nur noch der Mann, der jetzt seine Plastiktüte hinter dem Rücken zu verstecken schien, folgte ihr. Vielleicht hatten sich die beiden abgesprochen ...

Sonja war froh, als sie das Steakhaus betrat. Die Standardeinrichtung mit roten Tischdecken, auf denen man die Blutspritzer von den Steaks nicht so sah, das gesetzte, fleischfressende Publikum und die uniformierten Kellner beruhigten sie etwas. Sie ließ sich in eine Nische fallen und beobachtete den Steakbrater, der im Hintergrund unter einer Reihe von Dunstabzugshauben Fleisch zuschnitt. Seine merkwürdig kleinen weißen Hände verschwanden immer wieder mit dem Messer in tiefen Taschen des rosafarbenen rohen Fleisches. Hin und wieder schob er das Blut, das sich auf dem Edelstahltisch gesammelt hatte, in einer roten Welle mit einem Gummileisten vor sich her in die Ausgusswanne. Sonja begann sich zu wundern, dass Renate nicht pünktlich war. Sonst war es immer Renate gewesen, die auf sie warten musste. Der Mann mit der roten Schürze drehte sich um, und Sonja erschrak über sein Gesicht. Es war klein und weiß und wirkte wie von Narben durchzogen. Die Augen und der Mund lagen in Schlitzen, - ohne Lider, ohne Lippen - , die ein Messer gezogen zu haben schien. Jetzt lächelte er auch noch zu ihr herüber. Sonja wandte ihren Blick schnell zum Nebentisch, an dem ein Ehepaar aß. Für die beiden musste es ein besonderer Festtag sein, denn sie hatten versucht, sich fein zu machen, was wegen ihres schlechten Geschmacks und der ärmlichen Garderobe auf traurig machende Weise misslungen war. Für die beiden war ein Steakschnellrestaurant mit Fließbandabfertigung etwas besonderes, wohin sie nicht zu gehören meinten. Der Versuch, gute Tischmanieren zu zeigen, hatte beide völlig erstarren lassen. Außerdem schienen ihre Steaks teuflisch zäh zu sein, was sie zu vertuschen suchten, indem sie beim Kauen und Schlucken besonders viel lächelten. Sie taten Sonja leid. Aber immerhin waren sie zusammen und sahen sich noch an; nicht so wie ihre Eltern, die sich, soweit Sonja zurückdenken konnte, nie verstanden hatten.

Plötzlich stand Renate vor ihr, und Sonja erschrak. Das was früher ihre fast noch kindlichen Pausbäckchen gewesen waren, waren jetzt angespannte Kiefermuskeln. Renates Gesichtsausdruck war härter geworden, sie wirkte wie ein fast zwergenhafter Mann. Die

Schulterpolster ihres Jacketts verkürzten ihren gedrungenen Torso, und eine stärkere Brille machte ihre kleinen Augen noch winziger.

„Hast du schon gewählt? - Nein?" Renate winkte energisch einem Kellner: „Einmal die neun. Englisch. Das wäre alles."

Sonja bestellte eine Cola, damit sie schnell etwas hatte, womit sich ihre nervösen Hände beschäftigen konnten, und einen kleinen Salat.

„Erzähl", sagte Renate jetzt und blickte sie, wie Sonja fand, fast lauernd an.

„Ich hab dir doch schon alles erzählt", wehrte sie ab.

„Du siehst mitgenommen aus, Sonja. Versuch, dich zu entspannen."

„Leicht gesagt." Sonja seufzte und spielte mit ihrem Glas Cola herum.

„Hatte Melinda Feinde?" fragte Renate.

Sonja zuckte die Achseln und starrte auf ihren Salat.

Das Steak kam, und Renate begann zu essen. Eines der blutigen Fleischstücke verschwand in ihrem kleinen Mund und sie kaute genussvoll. Sobald sie es hinuntergeschluckt hatte, presste sie die schmalen Lippen aufeinander und schnitt das nächste Stück ab. Sonja konnte kaum hinsehen.

Renate tupfte sich den Mund ab: „Wie kann ich dir helfen?"

Sonja, die gemerkt hatte, dass es ein großer Fehler gewesen war, sich mit Renate zu treffen, sagte: „Es reicht schon, dass du zugehört hast." Ihr wurde richtig schlecht, wenn sie dabei zusah, wie Renate mit einem Stück Brot das Blut von ihrem Teller saugte.

„Aber es muss doch irgendetwas geben", insistierte Renate.

„Nein, nein."

„Du bist ja ganz bleich." Renates Augen schienen sie auszusaugen.

„Es geht schon", brachte Sonja mühsam heraus. Sie musste Renate irgendwie von sich ablenken und fragte, wie es an der Uni stünde.

Und tatsächlich ging Renate darauf ein, lehnte sich zufrieden kauend zurück und antwortete mit vollem Mund: „Bestens, danke. Mein Assistentenvertrag ist verlängert worden, und die Promotion läuft gut."

Sonja fand, dass Renate in gewisser Weise wie ein Pitbull aussah. Sehr kompakt. Große Körperspannung. Selbst jetzt, wo sie sattgegessen von ihrer Universitätslaufbahn sprach, wirkte sie angespannt. Renate war vom Essen warm geworden, und ein Luftzug trug Sonja ihren typischen Körperdunst zu. Ein süßlicher Geruch, auf den sie gut verzichten konnte. Jetzt beugte sich Renate schnell, geradezu katzenhaft zu ihr hin, und ihre fast wimpernlosen Augen suchten Sonjas Blick. Sonja beobachtete aber nur Renates kleine, kräftigen Hände, von denen sie fürchtete, dass sie plötzlich nach den ihren greifen würden. Aber das Ehepaar am Nebentisch lenkte sie einen Moment ab. Der Mann half seiner Frau umständlich in ihren hässlichen Mantel, und Sonja dachte wieder an ihre Eltern, an das Geschrei der Mutter im Haus und die unheimliche Ruhe des Vaters ... Sie hatte einen Augenblick nicht aufgepasst und zuckte nun zusammen, als Renates Hand sie berührte. Es fehlte nicht viel, und sie hätte sich losgerissen. Aber Renate war empfindlich, und sie wollte sie nicht verletzen. Also griff sie unauffällig nach der Cola.

„Weißt du noch,", fragte Renate, „wie wir Hand in Hand im Kino saßen und über Tati gelacht haben."

Sonja konnte sich kaum daran erinnern, war sich aber sicher, dass sie über Tati nicht lachen konnte. Wahrscheinlich hatte Renate nur gedacht, Sonja lache auch. Überhaupt hatten sie nicht denselben Humor. Wenn Renate überhaupt Humor hatte. Ihr gelegentlich wieherndes Lachen über völlig unlustige Dinge hatte Sonja oft in den Boden versinken lassen. Noch von der Erinnerung gequält sah sie unruhig auf ihre Armbanduhr.

Renate, der so etwas nicht entging, näherte sich ihr noch mehr. „Musst du schon gehen?"

Renates Atem roch nach Fleisch, so dass Sonja noch übler wurde. Und als mit einem Mal Renates Hand sich irgendwie besitzergreifend Sonjas Gesicht näherte, schnellte sie angewidert zurück. Sie merkte selbst, dass ihr Gesicht Ekel ausdrückte. Für einen kurzen Moment sah sie in Renates Zügen, wie sehr sie sie verletzt hatte.

„Ich glaube, mir wird schlecht", brachte sie heraus und stürzte in Richtung Toilette fort. Sie sah, dass der Metzger ihr mit einem Blick folgte, aus dem jedes Lächeln verschwunden war.

Als Sonja mit nassem Gesicht und wirrem Haar zurückkam, war Renate gegangen.

Nachdem Sonja die Rechnung bezahlt hatte, ging sie die wenigen Schritte zur Kaiserpassage hinüber, in der das 'Miller's' lag. Sie war erleichtert, Renate nicht mehr um sich zu haben. Geradezu beschwingt schritt sie durch die noch recht leere Tanzbar, setzte sich an die Theke und bestellte einen Caipirinha. Natürlich war Andrea noch nicht da, sie kam immer zu spät, um einen divamäßigen Auftritt zu haben. Sonja trank schnell und versuchte, sich zu entspannen. Nur langsam ging ihr Renate aus dem Kopf, immer wieder musste sie an deren zusammengepressten Mund denken. Sie orderte einen zweiten Cocktail und genoss das Gefühl, wie ihr der Alkohol zu Kopf stieg. Unvermutet aber überkam sie tiefe Traurigkeit, denn sie dachte an Melli. Sie starrte auf das glänzende Holz der Theke. Wenn nichts geschehen wäre, könnte Melli jetzt auf dem Barhocker neben ihr sitzen und mit den Beinen baumeln, wie sie es immer machte. Die kleine Melli, die mindestens einmal am Abend ihr Glas umstieß und dann immer wieder überrascht und im gleichen Ton 'Huch' rief.

„Na, Süßes", säuselte eine Stimme von hinten. „Wovon sie wohl träumt?", wandte sich Andrea an Natascha, die sie mitgebracht hatte. Zum Glück wartete sie nicht auf eine Antwort, sondern regte sich über Francois, den Friseur, auf. „Was hat er sich bloß dabei gedacht? Sieh dir das an, Sonja, was dieser Kretin von Francois mit mir angestellt hat. Ich glaube, er beherrscht nur einen einzigen Schnitt. Dabei habe ich ihm gesagt, dass er hinten etwas wegnehmen soll, nicht ausdünnen, stufen, habe ich ihm gesagt, stufen, und dann das!" Sie zog einen Flunsch und fuhr sich durch die Haare. „Das ist doch überhaupt kein Schnitt, das sitzt doch überhaupt nicht, ohne Fasson, aber ich habe zu Francois ..."

Sonja war ganz froh darüber, dass Andrea so in Fahrt war. Sie hörte einfach nicht hin und dachte an gar nichts mehr.

„Was meinst du denn?" wurde sie plötzlich gefragt. „Das ist doch die reinste Pisspottfrisur, oder? Und dafür ..."

Und weiter ging es. Bis Natascha die erboste Freundin mit den Worten unterbrach: „Halt jetzt mal den Sabbel und beruhig dich. Ich weiß gar nicht, was du hast. Ich brauch erstmal was zu trinken. Was hast du denn da, Sonja?"

Sonja kam nicht dazu zu antworten.

„Ich glaube, ich nehme einen Mai Thai. Aber ich hab auch Hunger. Was gibts denn hier zu essen?"

„Warum willst du denn hier was essen?" fragte Andrea, die unablässig an ihren Haaren herumfummelte.

Natascha lächelte nur.

„Sag bloß, dieser Ausdauertyp, wie hieß er noch,

René ?, hat dich mal wieder verwöhnt?"

Natascha lächelte noch ein wenig breiter.

„Ich wusste es doch! Und? War er wieder so gut?"

„Zwei Packungen Erdnüsse", orderte Natascha grinsend.

Andreas nach Spray riechende Haare kitzelten Sonja im Gesicht. „Gleich zwei Packungen?" sah Andrea Sonja schauspielernd mit großen Augen an, um sie aufzufordern, mitzumachen.

„War es nicht letztes Mal ein Schnitzel mit Hähnchenbrustsalat?", fragte Sonja eher lahm.

Jetzt schauspielerte auch Natascha: Sie seufzte und knabberte traumverloren an einer Erdnuss. „René!"

Sie und Andrea lachten. Sonja sah in ihre Gesichter: Das von Natascha mit dem breiten, etwas gierigen Mund, hell geschminkt mit der energisch wippenden dunklen Kurzhaarfrisur, den schlauen hellen Augen, und das von Andrea, mit leichten Aknenarben auf der gebräunten Haut in Ohrennähe unter dem Ansatz der etwas betoniert wirkenden, wunderbar gewellten langen blonden Haare. Die braunen schönen Augen von Lachfältchen umgeben. Sonja merkte, dass sie mitlachte. Sie beschloss, sich zu amüsieren und den beiden nichts von Melli zu erzählen, solange sie nicht fragten. Sie war jetzt entspannt und genoss das Gefühl, zwischen den beiden zu sitzen und ihre Schultern zu spüren. - Nicht allein, dachte sie und: - meine Freundinnen, dann richtete sie den Blick auf einen Mann an der Thekenecke, auf den Natascha sie aufmerksam gemacht hatte.

„Schau mal, wie sehnsüchtig der hier rüber kuckt."

Sonja erhaschte noch einen glutäugigen Blick, dann senkte der wuschelhaarige Marokkaner wohl etwas verlegen den Kopf.

„Der kann sicher gut tanzen."

Sonja fühlte sich plötzlich wunderbar leicht. Sie stand auf und ging auf den Mann zu.

Wortlos gingen sie auf die kleine, spärlich beleuchtete Tanzfläche. Dort im Dunkeln ließ sie sich in seine Arme sinken, und sie drehten sich langsam im Kreis. 'He called me the wild rose', sang eine Frauenstimme. Der ruhige Rhythmus der Musik wiegte Sonja ein, eine dunkle Männerstimme kam hinzu und wechselte mit der der Frau ab, Sonja öffnete für einen Moment ihre Augen, die sich wie von selbst geschlossen hatten, und sah, dass ihr Tanzpartner die seinen ebenfalls geschlossen hatte. Ihr fielen seine langen weichen Wimpern auf, und sie wollte gerade ihre Augen wieder schließen und sich enger an ihn schmiegen, als sie merkte, dass es eine Mörderballade war, die sie hörten, eine Ballade, in der das Mädchen von dem Mann erschlagen wurde. Sie hörte abrupt auf zu tanzen, sah kurz ins schöne Gesicht des Marokkaners, der sie traurig anschaute, und setzte sich wieder zu ihren Freundinnen.

„Hat er dir auf den Fuß getreten?" fragte Natascha.

„Was ist denn los mit dir? Erst wirfst du dich an ihn ran und dann lässt du ihn stehen?" wunderte sich Andrea.

Natascha legte etwas obszön Rauchiges in ihre Stimme: „Im wörtlichen Sinne."

Beide lachten.

„Ich weiß nicht ..." Sonja gelang es nicht, auf den Ton der beiden einzugehen, „... dieses Lied ..."

„Was? Die magersüchtige Minogue mit dem ollen Cave?"

„Es ist so ... grausam."

Andrea und Natascha sahen sich mit hochgezogenen Augenbrauen an.

„Findet ihr nicht?"

„Aber das ist doch bloß ein Lied, Süßes." Natascha sprach absichtlich mit ihr wie mit einem Kind. „Das musst du doch verstehen."

Sonja sah wieder zu dem Marokkaner hinüber.

„Denk einfach nicht darüber nach", gab ihr Andrea den Rat. „Wenn du über sowas nachdenkst, wirst du verrückt."

„Oh ja", sagte Natascha ironisch. „Sofort. 'When doves cry'", sang sie und schnippte mit dem Finger. „Zack! Wahnsinnig."

„Schaut mal", flüsterte Andrea. „Jetzt kommt er her."

Und wirklich kam der Marokkaner auf Sonja zu. Sein Gesichtsausdruck war sehr ernst und seine Stimme etwas unsicher, als er sie fragte, ob sie tanzen wolle.

Sonja sah in seine glitzernd schwarzen Augen

und auf seine strahlend weißen Zähne. Sie sagte nichts.

Natascha, die beleidigt war, dass er sie nicht beachtete, klinkte sich mit der Bemerkung ein: „Wenn ich mal was sagen darf: Im Moment läuft gar keine Musik."

Sonja stand wie hypnotisiert auf und ging mit ihm hinüber zu dem Holzpfeiler, wo seine Cola stand.

„Da ist wohl nichts mehr zu machen", meinte Natascha trocken und schlürfte ihren Cocktail aus.

„Das ist stärker als man selbst", sagte Andrea, gedankenverloren den beiden nachsehend. „Stärker als alles auf der Welt."

Natascha sah sie spöttisch von der Seite an. „Dir hat wohl die Trockenhaube das Hirn verschmort. - Nein, Finger weg!" Sie patschte Andrea auf die Hand, die sich nach Sonjas Caipirinha ausstreckte.

Andrea protestierte: „Aber Sonja vergisst ihr Glas doch bestimmt. Und außerdem sieht er das sicher nicht gerne, wenn sie Alkohol trinkt. Bei denen ist das doch verboten und ..."

„Verdammte Sauferei! Wenn ich mir anhöre, was du so von dir gibst, hattest du mehr als genug. Lass uns gehen!" Ungeduldig zerrte Natascha Andrea vom Stuhl, die fast weinerlich hinterherstakste. „Das ist ungerecht! Sonja mit dem da ..." schmollend stülpte sie die Lippen zur Schnute, „ ... du hattest deinen René ... und was habe ich?"

„Ein Pfund Haarfestiger in der Frisur", versetzte Natascha grimmig.

„Du bist gemein!" zeterte Andrea auf, griff sich theatralisch in die Haare und begann, sie verzweifelt zu raufen. „Diese bescheuerte, beknackte Frisur!"

„Lass die Bärenmütze jetzt", zischte Natascha genervt.

„Wie bitte?" schluchzte Andrea.

„Komm endlich!" Natascha zerrte sie zum Ausgang.

„Du hast doch gesagt, dass Francois ..."

„Dass es immer so enden muss, wenn du trinkst", fluchte Natascha und stieß die Tür mit dem Fuß auf.

Die beiden verschwanden.

Sonja bemerkte das nur nebenher, denn sie tanzte immer noch mit Raheed. Es gelang ihr, für eine kurze Zeit alles zu vergessen. Vor allem zu vergessen, dass Melli tot war. Sollte sie Raheed davon erzählen? Sie spürte seine Schulter unter ihrem Kinn und fühlte seine Brust an der ihren. Sie löste sich etwas aus der Umarmung, und sah ihn an. Ihre Gesichter waren sich jetzt sehr nah und auf gleicher Höhe; Sonja war genauso groß wie er. Konnte er in ihren Augen sehen, wie traurig sie war? Würde er sie fragen, ob sie traurig sei? Aber plötzlich, für einen Moment, erschienen Sonja Raheeds Augen ausdruckslos wie große schwarze Knöpfe, und der Gedanke an Mel kehrte wieder. „Ich hole mir mal mein Getränk", sagte sie und wandte sich ab. Schnell stürzte sie den Cocktailrest hinunter. Es war keine gute Idee gewesen, hierherzukommen, dachte sie, als sie Raheeds Stimme hinter sich sagen hörte: „Willst du etwas vergessen, Sonja?"

Sie drehte sich um und gab ihm einen Kuss. Natürlich konnte es eine typische Standardvermutung gewesen sein, ein Schuss ins Blaue, aber das wollte sie nicht glauben. Ja, Raheed verstand sie! Ihm konnte sie alles anvertrauen. Wieder küssten sie sich. Sein Mund schmeckte ein bisschen wie bitterer schwarzer Tee. Sie mochte das.

„Ich darf dich eigentlich gar nicht küssen. In deinem Mund ist noch Alkohol", sagte er.

Eine eigenartige, angenehme Schwere hatte Sonja ergriffen. Sie war plötzlich müde geworden.

„Nimmst du mich mit zu dir nach Hause", fragte sie unvermittelt und hörte ihre Wörter im eigenen Ohr nachklingen.

Raheed sah sie erstaunt an. Dann trank er nachdenklich seine Cola aus und sagte: „Gehen wir."

Arm in Arm gingen sie durch den schlauchartigen Ausgang hinaus in die Passage. Verwundert sah Sonja auf die spiegelnden Schaufensterscheiben. Es schien ihr, als habe sie sie noch nie gesehen. Ein Geschäft voller schwarzweißer Dinge, Kissen, Handtücher, Tabletts, Stofftiere, Möbel ... alles schwarzweiß kariert. Auch Raheed schien von den Karos und Quadraten überall in den Bann gezogen worden zu sein, denn er starrte angestrengt ins Schaufenster.

Sie sah ihn an: „Verachtest du mich auch nicht?" fragte sie ihn.

„Warum denn?"

„Weil ich einfach mit dir gehe?"

„Nein."

Eher ihrer Gewohnheit nach, an die sie sich plötzlich erinnerte, als weil sie es wirklich wollte, beschloss Sonja, zum Schuhgeschäft im Erdgeschoss zu gehen. Sie ließ Raheed vor dem Schaufenster stehen, er drehte ihr noch sein Gesicht zu, seine Augenlider waren halb hinabgesunken, - Schlafzimmerblick, dachte Sonja und ging los. Sie sah auf ihre Schuhe. Schritt für Schritt. Wie ein Automat setzte sie sie auf die Treppenstufen. Die marmornen Treppenstufen. Die Schuhe klackten. Es war kalt. Sie roch ein Parfüm, das sie kannte. Es war ein Parfüm, das sie selbst einmal benutzt hatte. Sie ging am Fuß einer Art Skulptur vorbei. Es war ein großer Kegel, der über und über mit tausenden von unregelmäßigen kleinen zusammenpassenden Spiegelscherben bedeckt war. Oben streckten sich Stahlspitzen schräg in die Höhe wie Arme. Sie sah kurz ihr Gesicht in den Scherben. Es wirkte wie zerschnitten, und auch sie hatte Hängelider. Sie sah auf die Schuhe in der Auslage. Die da gefielen ihr. Aber dann merkte sie, dass sie diese Schuhe ja anhatte. Keine Sonderangebote. Wo blieb Raheed? Sonja bekam Angst und hörte oben das Scharren von Schuhen. - Was ist nur mit mir los? fragte sie sich und schwenkte mühsam wie in Zeitlupe ihren Kopf herum. Sie ging auf das Monstrum zu, das neben der Treppe stand und bis kurz unter den offenen ersten Stock aufragte. Sie sah ihre Füße in den Scherben, da hörte sie ein tiefes Seufzen, und gleichzeitig erzitterte der stählerne Riesenkegel so stark, dass einzelne Spiegelstücke absprangen und klirrend auf den Boden vor Sonja fielen. Sie sah hinauf und konnte erst gar nicht begreifen, was sie sah. Dann begann sie zu schreien.

Psychophysis

Er saß in seiner Wohnung am Esstisch und sah auf seine Uniformjacke, die er auf den Stuhl gegenüber gelegt hatte. Er roch den bitteren Geruch, der unter seinen Achseln zu ihm aufstieg. Messer und Gabel klapperten auf dem Teller. Er zerschnitt das Fleisch und kaute langsam. Er war stolz auf seine starken Zähne. Das Pistolenhalfter drückte gegen seine Hüfte, also schnallte er es ab. Das Leder war durchgeschwitzt, und der Schweiß hatte eine weiße verkrustete Salzlinie hinterlassen. Er mochte den Geruch des feuchten Leders und schnüffelte am Halfter. Dann legte er es vor sich auf den Tisch und beschäftigte sich wieder mit seinem Steak. Alles zu seiner Zeit, dachte er und hörte, wie der Stuhl unter ihm knarrte. Er merkte, dass er hastiger kaute. Er sah auf das Dalí-Bild an der Wand gegenüber, die bräunlichen Töne gefielen ihm, das Fleisch sah sehr echt aus. Er konnte Teile des Bildes aber nicht richtig erkennen, weil sich seine dunkle Silhouette im Deckglas spiegelte. Er lauschte, ob er etwas von draußen hörte. Aber da war nichts. Doch da, das Zuschlagen einer Tür. Schritte auf dem Gang. Frau oder Mann? testete er seine Beobachtungsgabe. Keine Absatzschuhe, energische Schritte: ein Mann.

Sicher der Mann drei Wohnungen weiter. 70 Kilo, 1 Meter 75, Höherer Angestellter, VW Golf Turbo Diesel, Kennzeichen: BN-ST-286. Er merkte, dass er schlang. Schling nicht so!, hörte er deutlich eine Stimme in seinem Kopf. Warum nur hatte er ein so großes Stück gekauft? Er hätte es zerschneiden und einfrieren sollen, dachte er und sah die großen Berge von Fleisch hinter der Metzgertheke vor sich. Die blutbeschmierten Kittel, die rosige Haut der Verkäuferin, die Kinderwurst, die sie einem kleinen Kind in den kleinen Mund steckte. Die roten Bäckchen des Kindes. Was war nur mit ihm los? fragte er sich selbst ungeduldig. Seit wann gingen ihm so viele Bilder gleichzeitig durch den Kopf? Er hörte sein Schmatzen und schloss betroffen den Mund. Nur nicht gehen lassen! Er schmeckte neben dem Fett und dem etwas Angebrannten deutlich das Blut. Konnte es auch vor sich auf dem Teller sehen, mit der Gabel hindurchfahren, es mit dem Messer zu einem Stück Brot hinschieben, das es aufsaugte. Plötzlich sah er wieder die Leiche, das schwarze Blut. Wie Blutwurst mit dem weißen Kehlkopfknorpel darin. Wer konnte das getan haben? Ein Metzger? Jemand der professionell Fleisch schnitt?

Etwas beunruhigte ihn, aber er wusste nicht, was es war. Er rückte das Holzbrettchen unter seinem Teller gerade und legte das klobige, jetzt feuchtkalte Halfter auf den Stuhlsitz außer Sicht. Er hatte sich nicht gerade mit Ruhm bekleckert heute bei der Vernehmung der Zeugen und bei der

Tatortsicherung. Diese Kollegin ging ihm auf die Nerven. Hatte sie nicht immer ein leichtes Lächeln um den Mund gehabt? Die dachte wohl, sie könnte alles besser! Aber hatte sie es nicht wirklich besser als er gemacht? Er dachte daran, wie er fälschlich sie geschnappt hatte, im Dunkeln, in diesem Gang. Wie er sie gepackt hatte, ihre Angst gefühlt hatte. Der leichte Blutgeschmack in seinem Mund erinnerte ihn an den Geruch in diesem Gang. Metallisch, ein bisschen süß ... Und wie sie gezittert hatte, wie heftig ihr Atem gegen seine Brust geströmt war, aus und ein, aus und ein. Er wollte an etwas anderes denken, aber der Geschmack in seinem Mund rief ihm jetzt das verschmierte Blut wieder in Erinnerung. Er versuchte, sich auf den Fall zu konzentrieren. Vielleicht konnte er ihn lösen, allein lösen, ohne diese Kollegin, die ihn immerzu so seltsam von der Seite ansah, fixierte, beobachtete. Er würde sie zur Rede stellen, ja, zur Rede stellen. Sie würde schon zugeben, warum sie das machte. Immer diese Frauen, die alles besser wussten!

Heike war genauso gewesen. Eine Art von Übelkeit überkam ihn. Als sie ihm am Telefon gesagt hatte, dass es zuende war. Dass er ihr unheimlich war, so verschlossen, verbissen ... und was sie noch alles gesagt hatte. Karsten versuchte, sich an etwas Schönes mit Heike zu erinnern. Die Fahrradtour fiel ihm ein. Hatten sie da nicht zusammen gelacht? Oder hatte sie damals über ihn gelacht? Weil er so verkrampft war. Hatte sie nicht auf der Fahrradtour ständig versucht, mit anderen Radfahrern ins Gespräch zu kommen? Um nicht allein mit ihm zu bleiben. Und im Bett ... im Bett ... Er hatte sie gehasst, manchmal.

Und jetzt hatte er den zierlichen Körper dieser besserwisserischen Kollegin gespürt, ihn in den Armen gehabt, er hätte ihn zerdrücken können. Karsten hörte das Ticken seines Weckers aus dem Schlafzimmer. Ablenken musste er sich, ging ihm ein paar Mal durch den Kopf. - Du musst dich ablenken! sagte er sich selbst, denn er fühlte sich unwohl, wusste aber immer noch nicht, was eigentlich der Grund dafür war.

Das Ticken des Weckers beruhigte ihn. Oder beunruhigte es ihn? Er hörte genau hin. Ob die Sekunden schneller einander zu folgen begannen, oder ob die Abstände gleich blieben. Sie schienen länger zu werden, und auch das Geräusch, das der Tickmechanismus verursachte, veränderte sich. Es bekam fast etwas Menschliches. Verspottendes? Enttäuschtes? Eine hohe Frauenstimme schien darin zu liegen, enthalten zu sein, wie eine Stimme enthalten gewesen war in dem Kehlkopf, der nun durchschnitten war. Und jetzt in einem dunklen kalten Kasten lag, in einem metallenen Kasten wie dieser Mechanismus, dieser Uhrmechanismus, der ihn langsam verrückt machte, diese Unruh, die sich ruckhaft bewegte ohne Unterlass, die er vor sich sah, die wie ein Embryo im Mutterleib lag, in Ekel erregendem Fruchtwasser.

- Denk an den Fall, ermahnte er sich selbst, die

Tatsachen! Aber er konnte sich nicht mehr an die Worte erinnern, die gesagt worden waren, er hörte etwas im Ticken des Zeigers, die Frauenstimme. Aber er wollte sie nicht hören. Er fühlte, wie er die Hände verkrampfte und versuchte, sich zu entspannen. Aber der Griff seiner Hand, die sich um die Tischkante geschlungen hatte, lockerte sich nur langsam, und als er wieder darauf achtete, war sie schon wieder mit großer Kraft angespannt. Wie leicht seine Finger ins Fleisch dieser Kollegin hineingedrückt hatten! Es beunruhigte ihn, dass seine Gedanken immer wieder auf diese Frau zurückkamen. Er konnte sie nicht abschütteln. Aber im Grunde war es nicht das, was ihn immer nervöser machte. Vorstellungen waren es, die ihm durch den Kopf schossen. Wie seine Finger sich so tief in ihr Fleisch gruben, dass Blut herausquoll. Was war nur mit ihm los? Nein, so durfte er nicht denken! Aber er hörte sie keuchen und stöhnen, sie flehte ihn an, aufzuhören. Karsten hatte plötzlich Angst. Nein, er wollte diese Gedanken nicht! Aber er sah seine Finger auf ihrer Haut, wie sie sich in ihr Fleisch eingruben und wie sie winselte, flehte, sich wand.

- Denk an etwas anderes! Wie sonst auch. An das Auto. Denk an das Auto! Du könntest neue Sitzbezüge brauchen. Ganz saubere Sitzbezüge und auch für die Kopfstützen. Saubere Bezüge ... und er versuchte, über die Farbe der Bezüge nachzudenken. - Mach dich doch nicht verrückt, flüsterte er sich zu. Aber die Angst, verrückt zu werden, war jetzt da. Und vor seinen Augen waren Bezüge, weiß, mit Spuren, und unter den Bezügen war etwas, etwas das sich bewegte; in den weißen Stoff sickerte von unten etwas hinein, hindurch. Nein, er wollte nicht wissen, was darunter war, aber er wusste es, und das Bild nahm ihm den Atem: Er sah, wie seine Hände und Arme die Brust der Kollegin aufrissen und hörte ihr Schreien. Aber das wäre nicht das Schlimmste gewesen, eine Fantasie nur, wenn er nicht bestürzt gemerkt hätte, dass diese Vorstellung sein Glied hatte steif werden lassen.

Seine Hand zitterte, als er sie hob und sich hart damit die Schläfen rieb. War er ein perverses Schwein, so ein Schwein wie der Frauenmörder heute? Er war Polizist und würde seine Arbeit machen. Daran musste er sich festhalten. Aber es war schrecklich, wie er das Fleisch unter seinen Fingern zu spüren meinte. Er besah sich seine Nägel, so als habe sich darunter Haut gesammelt. Erleichtert fühlte er, wie sein Glied langsam schlaffer wurde. Es wäre geradezu lächerlich, wenn er jetzt durchdrehte. Er war etwas übermüdet, angespannt. Nur nicht weich werden! Er lauschte dem Ticken des Weckers. Kaum zu hören und ganz normal, regelmäßig. Was er sich nur eingebildet hatte? Gerade stellte er beruhigt fest, dass ihn keine Bilder mehr verfolgten, als er im nächsten Augenblick merkte, dass er den blutigen Teller zum Gesicht gehoben hatte und ableckte. Das hatte er doch nie getan! Wie eine Katze, eine große

Raubkatze nach der Fütterung schleckte er den letzten Rest rotbraunen Saftes auf! Gleichzeitig sah Karsten das Gesicht der Kollegin, hörte ein Schnurren und meinte zu sehen, wie sich seine Zungenspitze zwischen Fangzähnen hindurchschob.

Er stieß den Teller von sich, sprang auf und verließ seine Wohnung.

Die Wände des Fitnessstudios waren zum größten Teil verspiegelt, eine Seite nahm ein großes Fenster ein, durch das man auf eine Straßenkreuzung hinabsehen konnte. Karsten zog sich aus. Er genoss es, wie seine Kleidung über die von Muskeln gewölbte Haut glitt. Sorgfältig verwahrte er seine Sachen im Spind, wie er es gewohnt war. Der betäubende Geruch nach Schweiß und Duschgel, der den kleinen Raum erfüllte, lenkte ihn, wie er es gehofft hatte, von den Gedanken an die Kollegin Pörl ab. Aber da waren sie schon wieder. - Diese dumme Visage, sagte er zu sich selbst, um die Gedanken abzutun und setzte ein geringschätziges Lächeln auf.

Auf dem Weg zu seinem Lieblingsgerät, einem Impander, besah er sich in den Spiegeln. Er trug nur Boxershorts und ein Muscle-Shirt. Seine Figur war tadellos, durch die Muskeln wirkten seine Unterarme verkürzt wie kompakte Greifscheren. Karsten setzte sich in den Schalensitz der stählernen Apparatur und griff nach den Schlaufen. Seine Hände wirkten klein im Vergleich zu den prallen Armen, er sah, wie fest sie zuschnappten. Wenn er sie so um den zarten Hals dieser dummen Kuh schließen würde. Er verbot es sich, weiter daran zu denken. Was hatte er denn eigentlich gegen die Pörl, fragte er sich zum wiederholten Mal.

Wütend auf sich selbst, begann er das Gerät zu traktieren, zog die Schlaufen an sich heran, bis sie seinen Brustkorb berührten. Ja, so konnte er vergessen! Seine Arme streckten sich wieder, holten aus wie Adlerschwingen, rissen das Gewicht zu ihm hin, weiteten sich wieder, brachen erneut den Widerstand. Schweiß glänzte auf seiner Haut, er keuchte unterdrückt, es war mehr ein Zischen, das ihm manchmal zwischen den Lippen entwich. Er zwang die Schlaufen immer wieder hin zur Mulde seines Solar Plexus', ins Zentrum, berührte mit ihrem Leder jedes Mal seine kleinen harten Brustwarzen auf den angeschwollenen Hügeln seiner Brust. Beim Einatmen hoben sich die zähen Muskelwülste den Schlaufen entgegen.

- Ja, dachte er erleichtert, jetzt hatte er sie vergessen, aber im selben Moment, es war zum Verrücktwerden, hatte er die Vorstellung, einen Frauenkopf, - war es ihrer? an seinem Brustkasten zu zerquetschen. Karsten musste aufhören, bevor Trizeps und Bizeps übersäuerten. Er stieg aus dem Apparat und sah, dass er im Plastikschalensitz eine Pfütze Schweiß hinterlassen hatte. Er tupfte sie mit dem Handtuch auf und trocknete sich selbst etwas ab. Dann ging er zum Beinstrecker, ließ sich darauf nieder und legte die Schnallen an seinen Fesseln an. Er sah sich oben im Deckenspiegel zu, wie die angewinkelten Beine sich anspannten und gegen den Widerstand des Gewichts streckten, wie sie wieder einknickten und wieder gerade nach oben kamen. Keuchend sah er an sich hinab und beobachtete, wie die Oberschenkelmuskulatur anschwoll, sich wie ein Katzenbuckel wölbte und Knie und Schoß ganz klein aussehen ließ. Die zwei dicken Muskelstränge, die sich deutlich unter der Haut abzeichneten, schienen platzen zu wollen. Aber konnten sie ihn schützen? Er lag ja auf dem Rücken und war ausgeliefert, den Schlägen ausgeliefert, und er war hart geschlagen worden, immer ins Gesicht.

Karsten spürte, wie sein Hals austrocknete, in seinem Rachen hatte sich ein bitterer Klumpen gebildet, am liebsten hätte er ausgespuckt. War es nicht lächerlich, wie er hier lag? Die gewölbten Schenkel, die alles andere, seine Füße und Hände, seinen Schwanz so klein machten? Er musste diesen Pfropfen in seiner Kehle loswerden und spuckte ihn in sein Handtuch, während er weiter die Oberschenkel anschwellen und erschlaffen ließ. Sie, das wusste er, hätte ihn sicher nur geringschätzig angesehen, wie er hier rackerte. Oh, wie er ihre Creme gehasst hatte, die Creme, mit der sie sich immer die Hände einrieb und die er auf seiner schmerzenden Backe roch, den ganzen Tag roch, so oft er sich auch das Gesicht mit Seife und heißem Wasser wusch.

Plötzlich sah Karsten den Kopf dieser Pörl zwischen seinen Beinen. Was machte sie da? Und er musste zupressen, ihr Gesicht verschwand zwischen den Muskelbergen seiner Schenkel. Sie verschlossen ihr Mund, Nase und Augen, erstickten sie!

„He, Meister, was machen Sie denn da?" blaffte ihn die Aufsicht, ein älterer Bodybuilder, an. „Dafür ist das Gerät nicht gedacht. Mit seitlichen Bewegungen machen Sie die Aufhängung kaputt."

Karsten ließ die Unterschenkel, die sich überkreuzt hatten, hinuntersinken. Seine Beine zitterten jetzt, aber das war nach der Belastung normal.

„Alles klar?"

„Ist ja schon gut", krächzte Karsten gereizt und löste die Schnallen an seinen Knöcheln. Für sich selbst versuchte er den kurzen Flash, wie er die Kollegin erdrosselte, als Lappalie hinzustellen. Wär doch ein schöner Tod für sie. So nah an dem, worauf sie es abgesehen hat. - Was für ein Stuss mir heute im Kopf herumgeht. Immer hübsch locker bleiben. Auf zur Bauchmuskelmaschine. Klappmesser mit angewinkelten Knien. Besser für die Wirbelsäule.

Karsten schob die Füße in die Halterungen, kreuzte die Arme hinter der Leiste im Nacken und begann. Er sah die Muskelwellen seines bretthartan flachen Bauches, darin den Nabel, er näherte seinen Kopf den Schenkelwülsten, berührte sie mit der Stirn. Wenn er sie spreizte, war es nun sein Kopf, der zwischen ihnen verschwinden konnte, den er einklemmen und zermalmen könnte. Aber er spreizte die Schenkel nicht, das war nicht vorgesehen hier an diesem Gerät, sondern berührte nur mit der Stirn seine heißen harten Oberschenkel und sah in die Mulde seines Schoßes, eng und gut verpackt alles, in Slip und Boxershort, aber er meinte den Geruch seiner Genitalien zu erschnuppern, einen herben Geruch mit Schweiß und einer süßlichen Spur Urin darin. Dann ließ er den Oberkörper in die Vertikale schnellen, holte aus und krümmte sich wieder zusammen, Schenkeln und Schoß entgegen. Die Atmung kontrollieren, durch die Nase atmen, sagte er sich und atmete tief ein und aus. Er zog sich zusammen und streckte sich, versuchte zu zählen, aber verzählte sich.

Schließlich saß er zufrieden keuchend auf dem Gerät und dachte an nichts. Seitlich sah er über die Haare seiner glänzenden Achsel hinweg und sammelte wieder Kraft. Erst jetzt bemerkte er, dass ein junger Mann neben ihm Gewichte stemmte. Er sah ihn zum ersten Mal hier. Ungeschickt, eine Memme. Die große Hantelstange sank gerade wieder auf seine Brust, dann stieß er sie schnaufend langsam wieder in die Höhe und hängte sie kurz in dem Gestell ein. Sein Gesicht war rot, und der Schweiß lief ihm wie Tränen über die Wangen.

Karsten war selbst darüber erstaunt, dass er die Memme ansprach. Er überredete sie, mehr Gewicht aufzulegen. „Du hast viel mehr drin", log er sie an und steckte zwei kleine, aber sehr schwere Bleiringe auf. Ohne auf den Protest des jungen Mannes zu warten, hob Karsten die Hantel aus der Halterung und ließ sie los. Sehr schnell sank sie trotz aller Gegenwehr auf die Brust des Mannes nieder. Dort konnte der junge Mann nun wegen des unglücklichen Winkels fast überhaupt nicht mehr gegenstemmen, und die Hantelstange quetschte ihm unerbittlich die Brust zusammen. Karsten sah, wie das Gesicht des jungen Mannes röter und röter wurde, wie seine Adern auf der Stirn anschwollen, wie es hässlicher und hässlicher wurde, wie der Schweiß aus allen Poren sprang und die Backen hinabkullerte. Gleich wird das Blut aus seinem Mund brechen, dachte er. Der Augenausdruck der Memme war schon leer, wie die Augen eines geschlachteten Tieres. Und wie er keuchte. Gern hätte Karsten die aufgeblasenen Wangen geschlagen. Als er das merkte, wirkte es wie ein Schock auf ihn: Er hob die Hantel von der Brust des Mannes und verließ schnell den Fitnesssaal.

Im Umkleideraum setzte er sich auf eine Bank und fragte sich, wie er derart die Kontrolle über sich hatte verlieren können. Angst überkam ihn. Er duschte nicht, packte schnell seine Sachen und fuhr nach Hause, obwohl er gar nicht dorthin wollte.

Krebsschwänze

Das Restaurant 'Merlot' in der Alexanderstraße war klein und exquisit. Es gefiel Niko schon von außen nicht. Die beiden Räume waren zu dunkel und die Kellner trugen weiße Handschuhe. Durchs Fenster sah er auf den dunkelblau gedeckten Tischen eine Phalanx silberner Esswerkzeuge aufblitzen. Sie lagen da und harrten der Hummer, deren Panzer sie knacken sollten. Niko war absichtlich etwas spät erschienen, um die ganze unerfreuliche Begegnung so kurz wie möglich zu halten. Im Grunde genommen wollte er nur erfahren, was Dr. Streck für Bedingungen an ihn stellte. Dessen jovial modulierende Stimme begrüßte ihn schon, als er noch in der Tür stand und ein Befrackter an ihm herumfummelte, um ihm aus dem Mantel zu helfen. Es saßen noch zwei Männer am Tisch, denen er mit unangenehm überschwenglichen Worten vorgestellt wurde. Herr Oliver Greuper hatte ein im Sonnenstudio verunstaltetes Gesicht und entblößte beim Sprechen lange schmale Zähne, die in zurückgegangenem Zahnfleisch staken. Der dickliche Herr Tobias Lahr schaute Niko neugierig aus Knopfaugen an und schmunzelte unter seinem kleinen Schnäuzer ein wenig, so als wüsste er etwas

Persönliches über ihn. Wahrscheinlich hatten sie gerade über ihn geredet. Vielleicht hatte Streck ihnen von dem Foto erzählt. Niko sah, dass sich unter Lahrs Pullunder Brüstchen abzeichneten. Greuper spielte affektiert an seinem Goldkettchen und erzählte von seinem Antiquitätengeschäft. Sein Lager quelle über. Streck hörte mit nachsichtiger Miene zu und begann mit der Bestellung. Lahr spähte besorgt zum Fenster hinaus, weil er noch jemanden zu kommen gebeten hatte. Er schien ein Geheimnis daraus machen zu wollen, wer es war, und genoss sichtlich die Fragen, die ihm Greuper über den erwarteten Gast stellte. Allerdings beantwortete er sie nicht. Zwei Kellner bedienten sie. Während der eine gerade die Kerzen entzündete, stand der andere abwartend und lauschend im Hintergrund. Geradezu lächerlich war es, wie Dr. Streck mit der Lesebrille auf der Nase die Karte sorgfältig studierte und dabei Bewegungen mit seinen Kauleisten vollführte. Der Unterkiefer schob sich vor und zurück wie bei einem zahnlosen alten Mann, dachte Niko. Vielleicht musste er seinen Speichel zurückhalten. Die Weine wurden gewählt, dann die Speisen. Niko verursachte Staunen, weil er nur einen Salat und Fischsuppe bestellte.

„Ich kann Ihnen die Lotte an Kerbelcreme sehr empfehlen", sagte Dr. Streck entschieden.

Niko lehnte dankend ab.

„Dietrich hat Recht, nehmen Sie doch die Lotte", sagte Greuper mit anzüglichem Lächeln.

Niko schüttelte den Kopf und kam sich vor wie ein bockiges Kind.

„Ich denke, ich werde Ihnen einfach die Lotte bestellen", sagte Dr. Streck langsam und bestimmt.

'Bestell doch, was du willst, Knacker, aber ich werde es nicht essen', dachte Niko, sah Streck an und zuckte mit den Achseln.

„Na bitte, wer sagts denn", beendete Greuper die eingetretene Stille. „Manche Leute muss man eben zu ihrem Glück zwingen." Er gab seiner Stimme einen noch vulgäreren Beiklang: „Für mich Krebsschwänze. Wie immer. Rosarot und saftig."

Niko versuchte abzuschalten, aber Lahr hatte ihm seinen verfrüht kahlen Kopf zugewandt. Die kleine Stirn wirkte schlecht in den aufgeblähten Restschädel hineinmontiert, sie lag zu tief, so als hätte sie ein Backstein eingedellt. Lahr stellte ihm persönliche Fragen nach seinen Gewohnheiten, Eltern und Berufszielen. Niko antwortete ihm ausweichend, und zugleich schien es ihm, als höre Lahr seinen spärlichen Antworten kaum zu. Glücklicherweise verstummte Lahr sofort, als Dr. Streck zu sprechen begann.

Streck erzählte selbstgefällig vom soeben beendeten Ausbau seines Hauses. Wie er die Architekten dazu gebracht hatte, das Unmögliche möglich zu machen. Wie er die Leute vom Bau mindestens einmal pro Woche zusammengeschissen hatte, weil sie es brauchten usw. Gebannt hingen Greuper und Lahr an seinen Lippen. Niko, dem solche Selbstdarstellung peinlich war, sah zum Nebentisch hinüber, an dem sich sehr förmlich ein Großvater und seine Enkeltochter niederließen. Als sich der Weißhaarige seine Lesebrille aufsetzte und über die Karte zu dozieren begann, sah Niko wieder vor sich auf den Tisch, wo auf dem gebügelten Tuch die Säge- und Kneifwerkzeuge lagen. Geistesabwesend spielte er mit einer auf Hochglanz polierten Zange. Greuper erzählte inzwischen von seinem Urlaub auf Gran Canaria und einem „bildhübschen Boy", den er vielleicht nachkommen lassen wolle.

„Träumst wohl davon, wie er dir im Lager dein antikes Gehänge poliert?" fragte Lahr unverschämt lächelnd.

„Träumen wir nicht alle davon, Tobias?" zischte Greuper.

Dr. Streck schritt ein. „Meine Herren. Ich darf doch sehr bitten. Wir haben einen Gast in unserer Mitte sitzen."

Lahr schmunzelte und fragte mit absichtlich naiver Stimme: „Oliver? Wie heißt denn der 'Boy'?"

„Das verrat ich dir erst, wenn du einmal etwas in meinem Geschäft gekauft hast."

„Du hast doch nichts. Was soll ich denn mit Holzwurmlöchern?"

Greuper tat so, als fiele ihm plötzlich etwas ein: „Ach ja, du hast ja gar kein Geld. Wirst du auf der Arbeit immer noch gemobbt?"

Stille trat ein, aber zum Glück trugen im nächsten Moment die Kellner die Vorspeisen auf. Niko sah, dass kringelige Äderchen Lahrs kugelige

Backen röteten und dass er fieberhaft überlegte, wie er es Greuper zurückzahlen konnte. Schließlich hauchte er mitfühlend: „Hast du dein Gesicht schon einmal auf Melanome untersuchen lassen, Oliver? Oder sind diese Hautveränderungen vielleicht ..." Triumphierend sah er sich um. Niko wich seinem Blick aus. Gab es denn niemanden, der einfach zum Essen ging, um es zu genießen, sich zu entspannen? Er schaute hoffnungsvoll zum Nebentisch, wo der Großvater gerade einen Löffel zum Mund führte. Die roten Lippen kontrastierten stark mit seinem gepflegten weißen Bart. Die achtzehnjährige Enkelin machte es ihm bescheiden nach. Sicher war sie noch nie in einem solch vornehmen Restaurant gewesen.

Dr. Streck räusperte sich, und sofort schwiegen die beiden Kontrahenten. „Das Carpaccio ist vorzüglich. In der Tat", sagte er. Lahr und Greuper nickten beflissen. Lahr verschlang gierig blassroten Fischrogen und strahlte plötzlich übers ganze Gesicht.

Ein schlanker junger Mann war an den Tisch getreten. Sein blonder Pagenschnitt war etwas zu lang, aber sein zurückhaltendes, etwas verlegenes Lächeln stand ihm gut zu Gesicht. Seine Augen waren dunkel und traurig, doch das konnte auch an der Beleuchtung liegen.

Das rotgefärbte Mäulchen von Lahr öffnete sich: „Daniel. Setz dich hierher."

Greuper ließ alles in seinem versengten Gesicht herabhängen und starrte den jungen Mann mit offenem Mund an. „Wen hast du denn da aufgelesen?" fragte er bewundernd Lahr, der gebauchpinselt schmunzelte und, ohne zu antworten, Daniel wohlgefällig ansah.

Dr. Streck, der sich einmal mehr als Mann der Tat profilieren wollte, rief nach der Karte.

„Das ist nicht nötig", wehrte Daniel ab. „Ich trinke nur ein Glas Wein."

Dr. Streck schien etwas verstimmt und knackte mit der Beißzange resolut eine Hummerschere. Lahr schaufelte in Höchstgeschwindigkeit Fischbällchen in sich hinein; um nichts zu verpassen schielten seine Augen dabei immer nach links zu seinem Nachbarn hin. Greuper spielte mit seinem Halskettchen und kräuselte dabei unauffällig seine Brusthaare. Sein Gesicht wies blutrote Flecken im Wechsel mit den hell gebliebenen Hautfalten auf: Es wirkte wie aus Leichenteilen zusammengeflickt. - Vielleicht war es das auch, dachte Niko, der beschlossen hatte, sich zu betrinken, um das Ganze wie unter einem Schleier besser ertragen zu können. Daniel schien die gleiche Idee zu haben. Sein Glas war schon leer, er starrte auf die Tischdecke und summte 'I'm your puppet'.

Niko hatte wohl etwas zu angewidert auf den vor ihm mit Werkzeugen fuhrwerkenden Dr. Streck gesehen, denn dieser sprach ihn jetzt an: „Sie sind ja ganz blass geworden, Herr Schärf. Gefällt Ihnen etwa nicht, wie ich dieses tote Tier behandle?"

„Um ehrlich zu sein: Ja, das gefällt mir nicht."

„Hat es etwas Perverses für Sie?"

Niko antwortete nicht.

Dr. Streck pulte noch etwas weißes Fleisch aus der Schere und sah ihn scharf an. „Und wenn es Menschen wären?"

Niko erstarrte. „Wie meinen Sie das?"

„Sie verstehen mich schon, Herr Schärf."

„Nein, ich verstehe Sie ganz und gar nicht."

Dr. Streck sah mit gespielter Überraschung in die Runde und sagte dann in ätzendem Ton: „In diesem Fall muss ich es wohl unserem lieben, etwas begriffsstutzigen Fotografen erklären." Er streichelte Teile des inzwischen ausgeschabten und zerrissenen Hummerpanzers. „Nicht dass es darum ginge, Menschen zu essen. Jeder Gedanke daran liegt mir - und hoffentlich auch Ihnen - völlig fern. Nein, es geht darum, wie mit Totem zu verfahren ist. Dieser tote Hummer hat mir zu Lustgewinn verholfen. Auf andere Weise könnten doch auch tote menschliche Körper jemandem zu Lustgewinn verhelfen. Würden Sie mir da nicht zustimmen, Herr Schärf?"

Hass auf seinen Gegenüber und Ekel vor sich selbst schnürten Niko die Kehle zu. Er spürte, wie er innerlich zitterte.

Genüsslich fuhr Dr. Streck fort: „Es soll zum Beispiel unter den Leuten, die Unfallopfer fotografieren, einige geben, die diese Bilder arrangieren oder die ..."

Hilflos wanderte Nikos Blick über die getäfelten Wände hinter dem dozierenden Doktor. Das

Gesicht einer Toten erschien ihm im Dunkeln. Wieder sah er das Grinsen ihrer aufgeplatzten Lippen. Ihr Körper war noch warm gewesen ...

„Nein, stürzen Sie den Wein doch nicht so herunter, diesen Tropfen muss man genießen, und außerdem bekommt Ihnen das nicht."

Niko fühlte Dr. Strecks Hand auf der seinen und riss sie zurück. Die plattgedrückte gebrochene schiefe Nase ...

„Aber was haben Sie denn? Sie sind doch Fotograf. Das fällt doch in Ihr Ressort." Dr. Streck mimte den Verständnislosen.

Zwischen den schönen, dunkel glänzenden Haaren war auf der Seite etwas Helles herausgequollen. Niko sah auf den Rest Fischrogen in Lahrs Schüssel und ihm wurde übel. Er konnte nicht mehr aufschauen, konnte Dr. Strecks in falscher Besorgnis verzogenes Gesicht nicht mehr ertragen.

„Einen Magenbitter für unseren Freund", rief dieser nun.

„Lassen Sie ihn doch einfach in Ruhe", sagte eine leise Stimme.

Lahr räusperte sich, Fischgeruch wehte herüber. „Du hältst dich besser zurück, Daniel."

Aber Daniel fuhr mit trauriger resignierter Stimme fort: „Was soll denn so ein Verhör? ... Stupider Eiertanz."

Dankbar sah Niko hinüber zu Daniel, der missmutig mit seinem leeren Weinglas spielte.

„Junger Mann", schaltete sich Greuper jetzt

großartig ein. „Sie sind zum ersten Mal hier Gast."

„Und zum letzten Mal", unterbrach Daniel ihn, stand auf und ging.

„Daniel!", rief Tobias Lahr ihm hinterher. Er wollte aufspringen und ihm nachstürzen, aber der fixierende Blick Dr. Strecks ließ ihn innehalten.

„Was hast du uns denn da für ein Kuckucksei ins Nest gesetzt?" fragte Greuper.

„Er ist nur ein Bekannter", antwortete Lahr ausweichend.

„Ich bin ja wahrlich kein Verächter von Frischfleisch", lächelte Greuper süffisant, „aber willig muss es schon sein."

„So habe ich ihn noch nicht erlebt, ich glaube, er ..."

„Das interessiert uns nicht", fuhr Dr. Streck dazwischen. „Dein Freund, oder was er auch immer ist, ist ein Flegel. Er hatte die Impertinenz, uns den Abend zu verderben."

„Aber solange ich ihn kenne, hat er noch nie ..."

Greuper lachte hämisch. „Und wie lange kennst du ihn? Einen Tag? Zwei Tage? Oder sogar schon eine Woche?"

Lahr schwenkte um: „Ihr habt ja Recht, und er war immer irgendwie distanziert ..."

„Genug, Tobias", sprach Dr. Streck abschließende Worte. „Dein Mangel an Menschenkenntnis hat sich wieder einmal gezeigt. Ich möchte, dass so etwas nicht wieder vorkommt."

Kleinlaut nickte Lahr, nahm sich noch ein Fischbällchen, schob es in den Mund und begann zu kauen. Gleichzeitig zwirbelte er verlegen an seinen Minikoteletten herum.

Dr. Streck versuchte, Niko zu fixieren. Der wusste nicht mehr, wohin er sehen sollte und blickte auf den affektiert rauchenden verschrumpelten Greuper. Unter dessen Lippen schien Silikon gespritzt worden zu sein, denn sie waren zu einem ewigen Schmollmund aufgeworfen.

„Erinnert ihr euch noch an Tobias' Chefin?"

„Hör auf, Oliver!" zischte Lahr.

„Wie war das noch, Tobias? Du hast immer hinter ihrem Rücken über die dumme, dauerschwangere Kuh gelästert. Die bekommt sowieso nichts mit, hast du gedacht, die ist so dumm, dass sie mich sogar noch mag. Und dann hat sie dich mir nichts dir nichts gefeuert."

Schweißperlen standen auf Lahrs kahlem Kopf und liefen seitlich über seine eingedellten Schläfen.

„Möchten Sie noch etwas?" fragte Dr. Streck Niko plötzlich mit zuckersüßer Stimme.

Niko fuhr zusammen und brachte mühsam 'Wein' heraus.

„Ob wir dem zustimmen können?" fragte Dr. Streck in die Runde. „Hatte der junge Mann nicht schon genug?"

Die beiden anderen lachten pflichtschuldig übertrieben laut. Niko verachtete diese billigen Claqueure.

„Schaut mal, wie er sein Gesicht verzieht", trötete Greuper. „Ja, der hatte genug."

93

Lahr, offensichtlich froh, aus dem Schussfeuer zu sein, blies ins selbe Horn.

Großväterlich entschied Dr. Streck jedoch, dass man nicht so sein wolle, schließlich gebe es etwas zu feiern.

„Was denn?" fragte Lahr neugierig und stieß auf.

„Gewöhn dir mal diese Bäuerchen ab", sagte Greuper.

Lahr stieß erneut auf und sagte kleinlaut: „Ich hab wieder Sodbrennen."

„Herr Schärf hat ein ganz ganz tolles Foto geschossen und wird von mir dafür belohnt werden."

„Ich kann mir denken, was auf dem Foto ist", sagte Greuper anzüglich Niko musternd. „Sicher er selbst. Einen strammen Hintern hat er ja."

„Stimmt das?" fragte Lahr Niko hauchend.

Niko nahm einen großen Schluck Wein und wartete hoffnungsvoll auf die Wirkung. Aber es tat sich nicht mehr viel.

„Das soll doch ein Geheimnis zwischen uns bleiben." Dr. Streck sah Niko bedeutungsvoll lächelnd an. „Vorerst, Herr Schärf, oder?"

Niko leerte das Glas. Er suchte verzweifelt irgendwelche normalen menschlichen Wesen in diesem düsteren Raum und sah zum Tisch mit Großvater und Enkelin hinüber. Schnell wandte er jedoch seinen Blick wieder ab: Das junge Mädchen ließ sich gerade von dem alten Mann einen Löffel mit Mousse in den gerundeten Mund schieben.

Gleichzeitig steckte unter dem Tisch einer ihrer Füße, der aus dem Schuh geschlüpft war, im Hosenstall des Alten und rieb dort geschickt dessen Glied.

„Herr Schärf! Trinken Sie doch nicht so viel. Sie wissen doch, das ist schlecht für die Potenz."

„Oho, was habt ihr zwei denn noch vor?" säuselte Greuper.

„Halt endlich deine dumme Fresse!", fuhr Niko ihn an.

„Touché", sagte Lahr triumphierend.

„Schnauze, Nilpferd!" Beleidigt sah Lahr sich um.

„Zeit, die Tafel aufzuheben", sagte Dr. Streck und ließ die Rechnung kommen.

Unter dem bösen Blick Lahrs stand Niko auf und ging einfach schwankend hinaus. Er hörte noch, wie Lahr den Kellner einem peinlichen Verhör unterzog, wie, wie oft und was alles er sich täglich wasche ... Niko ließ die Stimme, die wie zu einem Kind sprach, hinter sich. Wie gerne wäre er einfach nach Hause gegangen. Aber er musste auf Dr. Streck warten. Durch seine Betrunkenheit sah er matt das Schreckensbild wieder. Betrunken wie damals, so lange war es gar nicht her, als er auf den Wagen zuschritt, die Tür erst klemmte, ach, hätte sie doch so geklemmt, dass er sie nicht hätte öffnen können, der blutdurchtränkte Sitzbezug. Und wie vorsichtig hatte er sich neben die verbogenen Knie gesetzt. Und dann der Blitz.

Niko hörte Lachen aus dem Restaurant. Dr.

Strecks sonore Stimme. Da kamen sie. Wie sie ihn ansahen. Fast mitleidig lächelnd.

Plötzlich nahm ihn Dr. Streck am Arm und führte ihn zu seinem BMW. „Kommen Sie noch auf einen Kaffee zu mir. Das wird Ihnen guttun."

„Nein. Ich will nicht."

„'Nein, ich will nicht'", äffte Dr. Streck ihn nach. „Stellen Sie sich nicht an! Vergessen Sie nicht. Ich habe Sie in der Hand. Und auch meine Geduld ist irgendwann einmal zu Ende", zischte er und stieß ihn geradezu in seinen Wagen.

***

Dort roch es unangenehm nach Strecks süßlichem Herrenduft, Leder und Spucke. Dr. Streck sah von der Seite noch unangenehmer aus als von vorne. Er fuhr mit offenem Mund, fletschte die gelblichen Zähne und schob beim Schalten die Zunge hervor. Ein Gestank nach faulen Eiern gesellte sich zum Muff des Wageninneren. Streck schien nichts zu bemerken. Niko schnaubte absichtlich laut durch die gerümpfte Nase, um ihn zu ärgern.

„Finden Sie es riecht? Das ist der Katalysator. Ich habe mich daran gewöhnt." Lächerlich wie Streck vor dem großen Armaturenbrett kauerte und jetzt auch noch bei jeder Kurve die Backen aufblies. Bei Rechtskurven pustete er Niko seinen Kukident- und Fischatem ins Gesicht. Die schwere Karosserie des Luxusautos dämpfte alle Geräusche von außen. Nur das Knarzen von Dr. Strecks Hintern auf dem Ledersitz war deutlich zu hören. Niko kam sich eingesperrt vor, fühlte sich auf dem breiten Sitz etwa so wie auf der Untersuchungsliege eines Arztes. Er sah seine Hände auf dem Leder liegen, weiß hoben sie sich vom schwarzbraunen Untergrund ab. Und sofort war sie wieder da, die Erinnerung! Die weiße unverletzte Hand, die neben ihm gelegen hatte, die er angefasst hatte, die schon ein wenig kalt gewesen war, und die er sich an den Hals gelegt hatte, und dann erst hatte er aus nächster Nähe etwas gesehen, dass von innen durch die Bluse gestochen war, ein durchgebrochener, scharfkantiger Knochen, das Schlüsselbein, erstaunlich weiß wie ein Stoßzahn ...

Dr. Streck schaltete leichte Barockmusik ein. Niko hatte diese Musik schon immer gehasst. Das fröhlich sinnlose Gedudel, das festlich jubilierende Trompeten zerrte an seinen Nerven. Tote Musik, Musik von Toten, tote Komponisten, immer die gleichen Tonfolgen, die gleichen Akkorde, rauf und runter, rauf und runter. Das machte mürbe. Der Chefredakteur nahm jemandem die Vorfahrt, der sich durch Hupen beschwerte, woraufhin Streck so zu schreien begann, dass der Speichel gegen die Windschutzscheibe sprühte. Er beschimpfte die Frau am Steuer aufs hässlichste, belegte sie mit Wörtern wie 'Fotze', 'Muttertier' und 'Tamponhalter', die unkontrolliert aus ihm herausbrachen. Zähflüssige Spucke hing weiß in seinen ausgefransten Mundwinkeln. Mit den Worten „Wischen Sie!" drückte er Niko schließlich ein zerknülltes Taschentuch in die Hand und deutete auf die bespuckte Windschutzscheibe. Er schien geradezu stolz auf seinen Ausbruch zu sein, wischte sich noch aufgeregt den Speichel mit dem Handrücken aus den Mundwinkeln und roch daran. Niko ekelte sich vor ihm. Strecks Aufforderung missachtend, warf er ihm das zerknüllte Taschentuch mit spitzen Fingern in den Schoß. Sofort trat Streck auf die Bremse und giftete ihn an, was ihm einfiele, er könne ihn ruinieren, wenn er wolle. „Nach einem solchen Skandal brauchen Sie, Herr Schärf, sich in keiner Zeitungsredaktion mehr blicken zu lassen. Dann können Sie Fotoautomaten aufstellen gehen. Ist es das, was Sie wollen?"

Niko wandte das Gesicht vom Sprühregen ab, und die Tröpfchen kitzelten sein Ohr. Er sehnte sich nach einer Dusche.

Endlich fuhr Dr. Streck weiter. Er schien immer noch erregt zu sein. Plötzlich fühlte Niko seine Hand auf seinem Schenkel. Wieder sah er die kalte Hand in dem zerstörten Auto. Die schöne unverletzte Hand dieser Frau verschmolz mit der reptilienartig faltigen, knittrigen Hand Dr. Strecks. Er wollte sie nicht anfassen, also bewegte er sein Bein, aber die Hand blieb darauf liegen. Nicht nur das, sie hatte Nikos Bewegung genutzt, um näher an seinen Schoß zu rutschen. Dr. Streck tat so, als sei es eine ganz natürliche Berührung, etwa so als greife man jemanden am Arm, um ihm etwas zu sagen.

„Treiben Sie viel Sport?" fragte er nun, und Niko

wurde es zu bunt. Er griff Strecks Arm am Revers und legte ihn neben den Schaltknüppel. Der Doktor schien sich einen Spaß daraus zu machen, so zu tun, als sei sein Arm willenlos. Wie ein schelmisches Kind legte er seine Hand wieder auf Nikos Schenkel. Dieser gab der Hand einen Klaps und kam sich dabei wie ein Schwuler in einer Komödie vor. Dr. Streck amüsierte sich offenbar köstlich, lachte und schnappte: „Was, Herr Schärf? Ich bin ein ganz Schlimmer?"

Zufrieden rangierte er den Wagen in eine Garage, deren Tür sich automatisch hob und wieder senkte. In der Dunkelheit wisperte Streck ihm zu, er solle nur seine Hand nehmen und ihm folgen.

Eine elegante, sterile Maisonette-Wohnung.

„Dank meiner Putzfrau können Sie hier den Boden ablecken." Dr. Streck warf betont leger seine Jacke auf eine Couch und fügte süffisant hinzu: „Viel sauberer als jeder noch so gut gewaschene Schwanz, jedenfalls." Um zu demonstrieren, wie relaxed er in seinen eigenen vier Wänden war, lockerte er seinen Schlips und warf ihn wie bei einer Striptease-Nummer ebenfalls auf die Couch. Niko war es peinlich, dabei zuzusehen, deshalb schaute er sich um.

„Alles von mir geplant", sagte Dr. Streck stolz, „und in Rekordzeit realisiert. Da muss man den Handwerkern ordentlich auf die Hände schauen, sag ich Ihnen. - Was zu trinken?"

„Das ist ja wie in einem amerikanischen Film", sagte Niko, nur um seine Stimme einmal wieder zu hören.

„Und?"

„Scotch."

„Ich denke, etwas Nichtalkoholisches wäre angemessener. Nun?"

„Dann Coca Cola", brachte Niko hervor.

„Nein, Coca Cola ist nicht gut", kicherte Dr. Streck amüsiert über einen Gedanken, „das ist viel zu klebrig."

Niko sah den Chefredakteur an. Der sagte betont geheimnisvoll und schmunzelnd: „Kommt darauf an, was man danach in den Mund nimmt. - Ein Glas Mineralwasser wäre das Beste, meine ich." Er legte einen kleinen runden Untersetzer auf den Glastisch, stellte das Getränk darauf und ging dann zu seiner HiFi-Anlage hinüber. „Was möchte der Herr Schärf denn hören?", fragte er, wartete eine Antwort jedoch nicht ab und legte 'Sting' auf. „So. Ich mache mich einen Moment oben ...", er zeigte auf eine Art Galerie, „... und unten frisch." Er sagte das wie einen einstudierten Satz, lachte meckernd, stieg eine Wendeltreppe hinauf und verschwand.

Niko dachte an Daniel. Konnte er nicht auch einfach fortgehen? Fort hier aus dieser Falle mit dem flauschigen Teppichboden, der unbarmherzig gepflegten Musik? Er ging in Richtung des großen Fensters. Zu seiner Linken bemerkte er ein gerahmtes Foto, auf dem Dr. Streck mit dem Bürgermeister zu sehen war. Beide gaben sich die

Hand. Hinter ihnen hielt jemand einen riesigen Scheck in die Höhe. Dr. Streck machte eine gute Figur, hatte das unvorteilhafte unterbissige Profil vermieden und wirkte würdevoll. Das professionelle Lächeln des Stadtoberhaupts strahlte Zuversicht und Tatkraft aus. Niko fragte sich gerade, ob man den Chefredakteur auf einen Schemel gestellt hatte, um ihn neben dem fast zwei Meter großen Bürgermeister nicht zu klein wirken zu lassen, als Dr. Streck sich auf der Galerie vernehmlich räusperte. Niko wurde Zeuge eines bis ins Detail geplanten Auftritts. In einer Art Feldherrenpose, eine Hand aufs Geländer gelegt, stand Dr. Streck am Kopf der Treppe. Er hatte die Schöße eines Bademantels, der wahrscheinlich aus Kaschmirwolle war, um sich geschlungen. Nun begann er, die Treppe hinabzusteigen, wobei er die Füße wie ein Ballettmeister setzte. Nach einer Drehung der Wendeltreppe hielt er inne, fixierte Niko von oben und sagte in Befehlston: „Ziehen Sie sich aus!"

Niko stand wie erstarrt.

Dr. Streck wedelte unwirsch mit der Hand, wies auf einen kleinen Flokati und wartete.

Widerwillig stellte sich Niko auf das haarige Rund.

„Muss ich Ihnen helfen?"

„Ich mache das nicht mit!" stieß Niko hervor.

Dr. Streck presste sich ein unfrohes Lachen heraus, erreichte den Fuß der Treppe und ging auf Niko zu. „Wirklich nicht?" fragte er, zog ein Foto unter dem Bademantel hervor und warf es Niko verächtlich vor die Füße.

Nein, er wollte dieses Foto nicht sehen! Aber da lag es. Dunkel, mit grellen, vom Blitzlicht hervorgehobenen Flecken. Er konnte nicht anders. Er beugte sich hinab: Das war er selbst! Das dumme, betrunkene Grinsen, ein dunkler Haufen hinter ihm auf dem Rücksitz, da waren noch zwei Menschen gewesen ... Blut war unter den Türen hindurch über die Trittbretter gelaufen ... sein Arm, er sah seinen Arm, den er um die Frauenleiche hinter dem Steuer legte. Nein, er wollte diese Frau nicht ansehen! Aber da waren ihre Zähne, die zerrissenen Lippen. Splitter glitzerten in ihrem toten Gesicht, das schöne Haar glänzte, und da war auch ihre Hand, ganz klein und noch ein bisschen warm an seinem Hals.

„Das ist nicht schön, Herr Schärf", sagte sein Gastgeber.

„Was wollen Sie?" flüsterte Niko.

„Ziehen Sie sich aus!"

„Und das Negativ?"

Dr. Strecks Stimme war sanft und beschwichtigend: „Keine Sorge. Das bekommen Sie." Er legte eine Hand auf Nikos Gürtel.

Geistesabwesend öffnete Niko seine Schnalle. Die Hose sank zu den Knöcheln hinab.

„Das Hemd", sagte Dr. Streck sanft.

Niko zog sein Hemd aus.

„Pfui! Was für ein Duschgel benutzen Sie denn, Herr Schärf? Und was haben wir denn da?", kommentierte Dr. Streck, legte eine Hand auf Nikos Hüfte und kniff ihn ins Fleisch. „Kleine Pölsterchen. Nehmen Sie sich mal ein Beispiel an diesem Daniel. Der hat bestimmt eine traumhafte Figur", sagte Dr. Streck und fuhr fort: „Socken und Slip." Die Stimme duldete keinerlei Widerspruch.

Niko stand jetzt völlig nackt da und fröstelte. Er sah auf seine Füße, die in den langen weißen Haaren des Flokatis fast verschwanden.

„Na ja, das Höschen ist ja wenigstens sauber. Aber das da", Dr. Streck wies auf seinen Penis, „ist ja nicht gerade vielversprechend", meinte er trocken. „So, jetzt knien Sie sich hin."

Niko tat wie befohlen. Nun zog Dr. Streck die Schöße seines Bademantels auseinander und enthüllte welkes, altersfleckiges Fleisch. Er trug einen schwarzen, halbdurchsichtigen, viel zu engen Slip, unter dem sich das große Skrotum und, darauf gequetscht, der ein wenig geschwollene Penis abzeichnete.

„Ziehen Sie ihn runter."

Gehorsam pellte Niko den Slip an den schlaffen Schenkeln hinunter. - Was mache ich hier? dachte er. Er roch den süßlichen Herrenduft. Dr. Streck hatte sich wohl auch unten herum parfümiert.

„Nehmen Sie ihn in den Mund."

Niko sah auf den halbgeknickten Schwanz vor sich. Ist doch nur ein Stück Fleisch, dachte er.

„Lutschen Sie ihn, bis er steht wie eine Eins!"

Niko näherte sich dem rötlichblauen Glied. - Denk dir einfach, du nimmst einen großen Wurm in den Mund. Das war der falsche Gedanke.

„Wirds bald!" rief Dr. Streck. „Ich werde dich abfüllen!" Bei diesen Worten schwoll der Wurm zitternd etwas an und hob den Kopf ein wenig.

Niko öffnete den Mund.

In diesem Augenblick begann sein Handy zu piepsen. Er sah kurz zu Dr. Streck hinauf, sprang auf, zog den Apparat aus seiner Jackettasche und meldete sich.

Eine schluchzende Stimme redete auf ihn ein. Es war die Blondine, der er in dem Laden seine Karte gegeben hatte. Völlig durcheinander erzählte sie irgendetwas von einem Raheed oder so, den sie kennen gelernt hatte und der nun tot war. Sie bat ihn, ihr zu helfen.

Dr. Streck prustete ungeduldig durch die Lippen.

„Ein Notfall", sagte Niko zu ihm. Und ins Telefon: „Kommen Sie doch sofort zu mir. Die Adresse haben Sie ja."

Dr. Streck lachte gekünstelt. „Denken Sie nicht ...", begann er.

Niko beendete das Gespräch und versuchte, nicht allzu erleichtert auszusehen.

„Denken Sie ja nicht, Herr Schärf, dass Sie so davonkommen."

„Natürlich, Herr Dr. Streck", beeilte sich Niko zu sagen und schlüpfte in seine Sachen.

„Ich will noch einmal Gnade vor Recht ergehen lassen. Aber vergessen Sie das nicht" Dr. Streck zeigte auf das Foto.

Niko nickte und lief aus der Wohnung.

„Morgen", erreichte ihn die kalte Stimme Dr. Strecks noch an der Tür und ließ ihm einen Schauer über den Rücken laufen.

Bis zum Morgengrauen

Sonja hing den Hörer in der Telefonzelle auf. Ihr Akku war leer gewesen, und sie war in eine der wenigen Telefonzellen geflüchtet, die es überhaupt noch gab. Um sie herum war alles schwarz. Das könnte der Weltraum sein, dachte sie, und dann säße sie in einer kleinen Kapsel weit weg von allem. Dort draußen war jemand, der sie beobachtete, das wusste sie, der sie belauerte. Aber das war ihr egal. Ein stumpfer Schmerz betäubte sie, sie konnte nicht mehr weinen, schniefte nur noch manchmal. Raheed. Raheed war tot ...

Sie stieß die Tür auf und lief auf den kleinen Platz hinaus. In der Dunkelheit sah sie die von weißem Schimmel besprenkelten kahlen Bäume; gegen eine flackernde Laterne zeichneten sich Verwachsungen, Knorpel und verklumpte Pilzwucherungen in den Astgabeln ab. Die Silhouetten von Wippen und Rutschen auf einem Mini-Kinderspielplatz sahen wie Foltergeräte aus. Sie stieß gegen einen der für den Winter angeketteten Tische, daneben ragte ein ineinander gestapelter Turm von Metallstühlen auf. Und sie sah Raheeds gekrümmten, aufgespießten Körper vor sich, er hing über ihr, und sein Gesicht war ganz entspannt, die Augen geschlossen, so als schlafe er, - das musste die Droge bewirkt haben, die Droge, die man auch ihr gegeben hatte, dachte Sonja, wahrscheinlich war er schon schlafend über die Brüstung gestoßen worden, hinein in den großen, aufgerichteten Stachel der Skulptur.

Sonjas Gesicht war nass und eiskalt, ihre Tränendrüsen schmerzten, sie fühlte wie sie sich zusammenzogen, doch ihre Augen blieben trocken. In einem großen Bogen lief sie zum Bahnhof, sah die angestrahlten Schlote der Müllverbrennung dahinter aufragen, vorbei an den Rampen des Busbahnhofs, hinunter in die U-Bahn-Station. Rinnsale von Urin flossen über den Noppenboden. Etwas weiter lagen die Obdachlosen aufgereiht nebeneinander, Flaschen und Bierdosen am Kopfende ihrer Schlafsäcke. Ein Polizist mit Schäferhund patrouillierte, und Sonja dachte daran, wie sie weggelaufen war. Sie hoffte, dass andere die Polizei gerufen hatten.

Ein Mann, von dem nur etwas zerrauftes Haar zu sehen war, versuchte, seine Decke enger um sich zu zurren, legte dabei aber seine Beine frei; sie zitterten stark und waren blutig gekratzt. Sonja stellte sich an einen Telefonapparat an der Wand und merkte, dass auch ihre Beine unkontrolliert zitterten. Sie wählte die Nummer ihres Vaters. Das Tuten, dann die Stille in der Leitung, wieder ein Tuten, die Leere, noch ein Tuten, das Nichts. Ein schwer Betrunkener mit verbundener Hand wankte auf sie zu. Er trat gegen einen

Süßigkeitenautomaten und schrie. Sie beobachtete ihn aus den Augenwinkeln. Es sah aus, als ginge er an ihr vorbei. Doch plötzlich packte er sie an den Haaren und versuchte, sie vom Telefon wegzuzerren. Sie hielt sich fest und schlug ihm dann mit dem Hörer ein paar Mal ins Gesicht, bis er losließ und zu Boden stürzte. Er schien ohnmächtig geworden zu sein. Sein Gesichtsausdruck war friedlich, aber vielleicht tat er nur so ...?

„Hinterlassen Sie eine Nachricht nach dem Signal", hörte sie ihren Vater monoton sagen.

Sie haspelte herunter, dass etwas Schreckliches geschehen sei und dass sie bei Niko Schärf, einem Bekannten, übernachte. Sie legte auf und dachte verworren an Raheed, vor einer halben Stunde, dachte sie, war er noch am Leben, Raheed, sein Lächeln, seine Schüchternheit. Und sie war schuld an seinem Tod. Erst Melli und nun Raheed. Melli - Raheed - Raheed - Melli, kreiste es in ihrem Kopf. Da nässte etwas ihre Fußknöchel. Sie sah das Grinsen des Besoffenen, der sein Glied hervorgeholt hatte und ihr im Liegen gegen die Füße pisste. Sie machte einen Bogen um ihn und stieg die Stufen aus dem 'Bonner Loch' hinauf.

An Betonwülsten und -verschalungen vorbei, über knirschende Glassplitter betrat sie die Thomas-Mann-Straße und dachte an das Kind, das hier unter einen Karnevalswagen geraten und getötet worden war. Sie lauschte, ob sie Schritte hinter sich hörte, und ihr schien, als könnte sie ihre

Ohren wie ein Luchs nach hinten ausrichten. Das Schild einer Bushaltestelle erschien ihr wie ein Galgen. War das die Droge? Sie kannte das vom Haschisch. Sie beobachtete sich selbst. Ihr Mund war trocken, und sie konnte den Asphalt unter ihren Füßen hindurchfühlen, rau wie Nashornhaut. Im selben Moment hatte sie das Bild eines solchen Tieres vor Augen; das Tier hatte einen Menschen aufgespießt und kam so auf sie zugelaufen. Sonja drückte sich an die Hauswände, durfte den Halt nicht verlieren, stolperte über eine unheimliche Eisenklaue, die im Boden steckte und erinnerte sich erst an der nächsten Ecke, dass es ein Schuhabtreter gewesen war. Sie huschte so schnell wie nur möglich unter schaukelnden Riesenwanzen, langgezogenen Fühlern und aufgerichteten Fangarmen von Gottesanbeterinnen, deren Facettenaugen sie anblitzten, entlang und fragte sich, ob es nicht doch vielleicht Straßenleuchten, elektrische Leitungen und Ampeln waren. Suchscheinwerfer blendeten sie, automatische Kameras beobachteten sie, Mikrophone richteten ihre bepelzten Kolben auf sie, um ihren stoßweisen Atem einzufangen, und wieder lauschte sie. Blieb stehen und lauschte. Sie versuchte sich zu beruhigen. Ihr Herz klopfte so schnell und laut, dass sie nur dieses Geräusch hören konnte. Es wurde immer schneller. War es ihr Herz oder waren es Schritte? Schritte ihrer Verfolger. Sie war sich sicher, dass es mehr als einer war. Ihr wurde schwindelig, sie schwenkte herum, ihr Gesichtsfeld wurde immer enger, ein Korridor, ein Schlauch. Sie konnte nur noch auf ihre Füße sehen, ein Gitter, ein Gleis, hier musste sie nach rechts laufen, hier musste es sein. Mühsam hob sie den schweren Kopf, der Nacken ließ sich kaum zurückbiegen. Dort war die Nummer 9, sie las unheimliche Namen, 'Roheidis', 'Schremser', 'Druse', und dann 'Schärf'. Sie klingelte, lehnte sich an die Tür, die Tür sprang auf, sie stieg die Treppe hinauf, und mit jedem Schritt ließ ihre Angst nach. Sie roch noch das Abendessen, jemand musste mit Knoblauch gekocht haben, sie sah Schuhe vor der Tür stehen, eine Topfpflanze stand auf einem Fensterbrett, und in einer offenen Tür stand dieser Fotograf, den sie ja nicht mochte, aber dem sie doch irgendwie vertraute, und der sie etwas müde anlächelte. Erst in diesem Moment merkte Sonja, wie müde sie selbst war. Es schien ihr, als schliefe schon ein Teil von ihr. Mit ausdruckslosem Gesicht schob sie sich an dem Fotografen vorbei. Mit jedem Schritt wurden ihre Glieder bleierner. Warum hatte sie ihn und nicht ihre Freundinnen angerufen, fragte sie sich und fand keine Antwort. Sie konnte nicht mehr denken und hielt nur nach einem Platz Ausschau, wo sie sich hinlegen konnte. Da war die langgestreckte Küche, dort das Schlafzimmer mit dem Bett ... Sie hatte nicht mehr die Kraft, ein Sofa zu suchen und ließ sich einfach auf die Matratze fallen.

„Ich nehme die Couch", hörte sie Niko sagen.

„Nicht nötig", murmelte sie und spürte, dass er

sich neben sie legte. Sie sah bunte, pulsierende Farbflecken unter ihren Augenlidern. Plötzlich fühlte sie, dass er ihr Haare aus dem Gesicht strich. Es war ihr unangenehm, und sie brachte ihre letzte Kraft auf, um seine Hand wegzuschieben. Niko stand wieder auf, zog die Bettdecke behutsam unter ihr hervor und deckte sie zu.

„Willst du darüber reden?", hörte sie ihn jetzt durch die nachhallende Musik in ihren Ohren fragen.

„Kannst du nicht mal den Mund halten?" knurrte sie. Sie wollte nur noch schlafen. Aber jetzt begannen die Farbschlieren heftig zu kreisen, und sie musste die Augen aufmachen. Nun versuchte sie, mit offenen Augen zu schlafen, doch jetzt wurde ihr unter der Decke auch noch zu heiß, sie hätte sich die Sachen ausziehen müssen, aber das wollte sie nicht, also strampelte sie die Decke bis zu ihren Hüften hinunter. Sie starrte im Dunkeln auf eine Lampe, die über ihr hing, ein metallen glänzendes Ding, modern. Sonja klappte kurz die Augen zu, es ging nicht, und gleich darauf merkte sie, dass sie wieder auf diese Lampe starrte. Sie brachte ihren Kopf in eine andere Lage. Nun sah sie auf einen im Dunkeln glänzenden Fernsehschirm. Sie richtete sich kurz auf, ließ sich zurückfallen und hatte mit einem Mal die Empfindung, sie sei Raheed und fiele auf einen großen Dorn. Sie schreckte auf, sah Raheeds Gesicht, seinen gekrümmten Körper vor sich und begann zu weinen.

Der Fotograf nahm sie etwas unbeholfen in die Arme. Sonja durchfeuchtete sein T-Shirt mit ihren Tränen. Sie dachte an Melli und das Schluchzen schnürte ihr die Kehle zu.

Als der Tränenstrom etwas versiegte, merkte sie schniefend, dass Niko begonnen hatte, sie zu streicheln, sagte nur müde: „Lass das!", und er hörte sofort auf. Er erzählte von Daniel, einem jungen Mann, der ihn offenbar beeindruckt hatte. 'Der lässt sich nicht kaufen', sagte er ein paar Mal. Vielleicht ging es diesem Fotografen auch nicht so gut, dachte sie kurz, als sie sah, wie er Daniels Telefonnummer, die auf irgendeinem Papierfetzen stand, in ein Notizbuch auf dem Nachttisch übertrug. Ja, es ging ihm wohl auch nicht gut, diesem Niko, dachte sie. Wie er sich an diesen Daniel klammerte. Sonja fühlte sich für einen kurzen Moment mit ihm verbunden und fing an, ihm von Raheed zu erzählen, wie schüchtern er gewesen war, wer das wohl getan haben konnte, aus welchem Grund, und als der Fotograf nichts sagte, fast schien er mit den Gedanken woanders zu sein, sprach sie von ihrer Familie, von ihrem Vater, den sie so lange nicht gesehen hatte, und von ihrer Mutter, die solange krank gewesen und dann gestorben war. Sie erinnerte sich an die schreckliche Zeit in dem alten Haus, kurz vor der Trennung ihrer Eltern und begann zu zittern. Sofort spürte sie wieder den angespannten Körper des Fotografen, der sich an sie drängte. Sonja stieß ihn zurück. Sie wickelte sich in die Decke ein und legte sich mit dem Gesicht zur Wand hin. Es war kalt im Zimmer, ihre Hände und Füße waren klamm, der Rest ihres Körpers glühte. Sie hörte den Fotografen noch rumoren, Leder knarzte, vielleicht hatte er sich auf die Couch gelegt, es war ihr egal, was er machte. Die Wand vor ihr wechselte langsam die Farbe, von dunkelgrau zu einem bleichen Hellgrau. Die Morgendämmerung, dachte sie und schlief ein.

Sie wachte auf, weil sie etwas in ihrem Gesicht fühlte. Immer noch dämmerte es. Viel Zeit konnte nicht vergangen sein. Erst allmählich wurde ihr klar, dass der Fotograf neben ihr lag und an ihrem Ohrläppchen knabberte. Sie stieß ihn fort und sah in sein bleiches, verkrampftes Gesicht, in dem die Augen schwarze Löcher waren. Das helle Morgengrauen drang durch das Fenster.

„Was soll das?" fragte sie ihn. „Musst du dir etwas beweisen?" Offenbar hatte sie ihn mit ihrer Bemerkung getroffen, denn er schwieg und presste die Lippen hart aufeinander, soviel sie erkennen konnte.

Jetzt versuchte er, seiner Stimme einen geschäftsmäßigen Ton zu geben. „Alles klar", sagte er.

Sonja hasste diese Redwendung.

Der Fotograf räusperte sich. Dann sagte er schleppend: „Lass uns doch mal fragen, wer ein Interesse daran hätte, dich umzubringen."

„Wieso mich?" krächzte Sonja. „Meine Freunde."

„Vielleicht gelten die Anschläge ja dir", rätselte

Niko.

„Verschon mich mit deinen Theorien", sagte Sonja. „Mach lieber einen Kaffee."

Eingeschnappt ging der Fotograf in die Küche.

Sonja döste auf dem Bett und lauschte seinem Geklapper. Einen Moment lang hatte sie ein Gefühl der Gemütlichkeit, ja, der Geborgenheit. Lange hatte sie sich so nicht mehr gefühlt. Eine Küchenschranktür klappte, Wasser lief, und ein Löffel fiel klirrend auf den Boden. Sie hörte, wie er sich räusperte. Dann war das hohe, angestrengte Sirren einer elektrischen Kaffeemühle zu hören. Gleich würde sie den Duft zerkleinerter Kaffeebohnen riechen, dachte Sonja. Das Wasser plätscherte immer noch. Und plötzlich fühlte sie einen Luftzug durch die Wohnung eilen. Hatte er die Tür geöffnet? Sie rief. Und sofort war die Angst da. Die Wohnungstür schlug zu. Wahrscheinlich ist er Brötchen holen gegangen, versuchte sie sich zu beruhigen. Aber das Wasser lief immer noch, und jetzt begann der Heißwassererhitzer zu summen. Eine kalte Hand griff ihr in den Nacken. Sie sprang auf. Ihr Magen hüpfte, und keuchend ging sie auf die Küche zu. Vorsichtig spähte sie um die Ecke und schrak zurück: Dort lag er! Verrenkt am Boden. Sie sah sofort, dass er tot war. Sein Gesicht war blau angelaufen. Mit einem Satz sprang sie an ihm vorbei und griff nach einem Küchenmesser. Neben ihr plätscherte das Wasser, und der Boiler summte. Sie sah zur Tür hin. Dort tat sich nichts. Die Tür schien geschlossen. Der Mörder musste fort sein, sonst hätte sie ihn gesehen. Sie lief ein paar Schritte, warf sich gegen die Tür und schob den Riegel vor. Sie lauschte auf den Gang hinaus, und zugleich wanderte ihr Blick wieder zu dem auf der Seite liegenden Mann. Jetzt erst sah sie, dass seine Schlafanzughose auf die Knie herabgezogen war. Und dann sah sie mit Grauen, dass zwischen seinen Beinen, blutverschmiert, die elektrische Kaffeemühle hing. Sonja würgte trocken und stolperte zurück ins Schlafzimmer. Fand das Telefon, wollte die Polizei rufen, da klingelte es. Ohne lange zu überlegen, hob sie ab. Als sie die vertraute Stimme ihres Vaters hörte, brach alles aus ihr heraus. Während in der Küche weiter das Wasser lief und der Boiler summte, erzählte sie ihm alles.

„Ruf gleich die Polizei, hörst du", schärfte ihr der Vater ein. Fast sprach er mit ihr wie mit einer psychisch Kranken. „Hörst du, Sonja. Ruf sofort die Polizei. Aber ich glaube, ein Verhör wäre jetzt zuviel für dich. Triff mich erst im alten Haus, hörst du, ich bringe einen Anwalt mit. Diese vielen Fragen, das verkraftest du jetzt nicht. Und wenn ich aufgelegt habe, wählst du gleich die 110, hörst du?" hämmerte er ihr ein.

„Wann treffen wir uns denn?"

„Jetzt ist es fast neun", sagte der Vater sachlich, und Sonja bewunderte seine Ruhe, „sagen wir um elf Uhr."

„Und was soll ich bis dahin machen?" fragte sie verzweifelt.

„Geh spazieren. Das tut dir gut."

„Aber, Vater ..."

Er hatte aufgelegt. Mit sich selbst sprechend steckte Sonja das Notizbuch des Fotografen ein. Warum, wusste sie nicht. Dann meldete sie den Mord der Polizei und verließ die Wohnung, in der es immer noch plätscherte und summte. Über den Balkon, weil sie sich nicht traute, an der Küche vorbeizugehen und die Wohnungstür zu öffnen.

Strangulator

Neun Uhr. Karsten Embisch fuhr auf der doppelspurigen Adenauerallee Richtung Süden. Die Kollegin Pörl saß neben ihm. Karsten sah wieder auf die Uhr und drückte das Gaspedal noch etwas tiefer zu Boden. Es lief eine Fahndung nach Sonja Buhol. Sie war Zeugenaussagen zufolge bei dem Mord in der Kaiserpassage dabeigewesen und hatte sich dann abgesetzt. Sie hatten den Auftrag, Nachforschungen über sie anzustellen. Die Order lautete, erst einmal zu dem Haus zu fahren, in dem die Familie Buhol, zumindest der Vater, noch bis vor fünf Jahren gelebt hatte, und unter dessen Adresse der Vater noch gemeldet war.

Riesige Gebäude warfen ihre Schatten auf die Fahrbahn. Karsten wurde unruhig, weil vor ihm ein alter Ford dahinschlich, und er keine Möglichkeit sah, an ihm vorbeizukommen. Er wechselte die Spur, merkte aber, dass ihn dort ebenfalls ein Ford blockierte. Um ein Haar hätte er die Ausfahrt in einen Tunnel verpasst. Er war sich sicher, dass ihn die Besserwisserin genau beobachtete. Sie sollte nur wagen, etwas zu sagen, und er würde ihr Bescheid geben! Aber sie schwieg.

Karsten genoss die Dunkelheit des Tunnels und

sah auf die leuchtenden Armaturen. Neun Uhr zehn. Wieviel Zeit man auf dieser Scheißpiste verlor! Und er wollte doch diese Blondine jagen, dieses Luder, das ihm frech gekommen war. Diesmal würde er kein Pardon geben, darauf konnte sie sich gefasst machen. Im Dunkeln sah er unauffällig zur Pörl hinüber: Sie schien nervös zu sein, konnte ihre Hände nicht ruhig halten. Karsten hasste Zappelfrauen. Aber in diesem Fall überwog sein Stolz, denn wahrscheinlich war er es, der die 'Kollegin' nervös machte. Bestimmt lastete die Stille auf ihr. Er konnte gut damit leben. Er brauchte nicht zu sprechen. Und wehe, sie sagte etwas! Die Pörl wusste genau, dass er dann explodieren würde, sie anbrüllen würde. Dann könnte sie die matschigen Reste ihrer Persönlichkeit vom Seitenfenster abkratzen. Nur ein Wort, du!, dachte er, und ein Lächeln verzog seinen Mund. Plötzlich war er richtig gut gelaunt. Wie schon lange nicht mehr. Er hatte es ja von Anfang an gewusst: Die Pörl war eine Schisserin. Kam sich schlau vor, aber wenn es hart auf hart kam, dann kniff sie. Ihn amüsierte kurz die Vorstellung, wie sie sich in die Hosen schiss, und lächelnd bog er links in das Godesberger Villenviertel ab.

Alte Kästen. Schritttempo. Zwischen zwei Speedbreakern trat er unvermittelt aufs Gas und genoss aus den Augenwinkeln das Bild, wie der Kopf der Kollegin ruckhaft nach hinten gegen die Kopfstütze geworfen wurde. Ihr weißer Hals wurde frei, und ihr Kehlkopf hüpfte aufgeregt ein

Stückchen hoch und runter. Wie bei einem Huhn. Das hast du davon, dumme *Tucke*. Jetzt ist dir schlecht. Das bisschen Schaukeln ist wohl schon zuviel für dich.

„Was haben Sie gesagt?", fragte die Kollegin plötzlich.

Karsten erstarrte. Hatte sie tatsächlich den Nerv gehabt, etwas zu sagen? Das Lächeln verschwand um seine zusammengepressten Lippen.

„Ich fragte, was Sie gesagt haben?"

Er hasste diesen kämpferischen Ton bei Frauen und musste sich zusammennehmen, um nicht loszuschreien.   Dienstaufsichtsbeschwerde, Scherereien, das konnte er nicht gebrauchen. Karsten beschloss, es cool zu spielen.

„Nichts."

„Natürlich haben Sie etwas gesagt. Und es war unqualifiziert."

Unqualifiziert! Unqualifiziert! Er hielt sich am Lenkrad fest, um sie nicht zu schlagen und bemühte sich um einen eisigen Ton: „Ich habe nichts gesagt." Oder hatte er doch etwas gesagt?

„Ich werde Meldung über Sie machen."

Karsten trat auf die Bremse, drehte sich zu ihr hin und schnauzte sie an. „Was wollen Sie eigentlich? Jetzt sage ich Ihnen mal wirklich was! Sie sind ein dummes Stück Scheiße, und ich habe genug von Ihren Scheißnummern. Halten Sie einfach Ihre Schnauze, und dann kloppe ich Sie vielleicht nicht in die nächste Mülltonne, wo Sie hingehören."

So, das hatte Eindruck gemacht! Die Tusse kauerte in der Ecke und zitterte. Eigentlich sah sie ja ganz nett aus. Karsten fuhr noch einen Block weiter, hielt vor einem kleinen gut gepflegten Haus und stieg aus dem Wagen. Das Beste war, sie einfach nicht weiter zu beachten. Sollte sie doch im Wagen sitzenbleiben und flennen. Er hatte seine Arbeit zu tun.

Karsten las an der Klingel nicht 'Buhol' sondern 'Nähert'. Ein alter Mann öffnete die Tür.

„Sind Sie..." Karsten sah auf seinen Notizblock, „Giesbert Buhol?"

„Nein, mein Name ist Alexander Nähert. Herr Buhol wohnt schon lange nicht mehr hier."

„Ausweis", schnarrte Karsten im Kommandoton.

Karsten fixierte den Mann kurz und dachte, was für Würstchen doch die Menschen im Alter werden. Der Ausweis war in Ordnung.

„Kennen Sie seine Tochter?"

„Nur von den wenigen Besuchen, bevor wir, meine Frau und ich, hier einzogen. Sie war da noch sehr jung. Wie hieß sie noch? Ich glaube Sonja. Ein hübsches Kind."

Die blauen Augen des alten Mannes sahen Karsten fast verträumt an.

„Erzählen Sie mir mehr von ihr!" Karsten baute sich drohend vor dem gekrümmten Alten auf.

„Ja, viel mehr gibt es da eigentlich nicht zu erzählen ...", begann Nähert.

„Jedes Detail kann entscheidend sein."

Herr Nähert machte eine winkende Handbewegung: „Wenn Sie vielleicht einen Moment hereinkommen wollen, und Ihre Kollegin auch?" Er lächelte.

Karsten fuhr herum und sah die dumme Visage der Pörl hinter sich. Wenigstens schien sie etwas bleich um die Nasenspitze. Sie ging an ihm vorbei als erste ins Haus, ohne ihn eines Blickes zu würdigen.

„Kann ich Ihnen einen Tee anbieten?" fragte Nähert und begann gleich, nach Teetassen zu suchen. „Wo hat meine Frau nur wieder ..."

„Wo ist Ihre Frau denn?" unterstand sich die Pörl zu fragen. Als ob das irgendetwas mit dem Fall zu tun hatte. Ein dummes Stück eben. Karsten zwang sich, ruhig zu bleiben. Aber was saßen sie hier in Sesseln in diesem muffigen Haus herum? Es roch wirklich nicht gut. Nach alten Leuten.

„Oh, die ist einholen gegangen und wird bald wieder da sein."

Dieser Alte mit seinem dummen Grinsen. Dem müsste man einfach mal ein paar links und rechts ..., bis ihm das Gebiss rausfällt ... Karsten hielt es nicht mehr auf dem Sessel aus, sprang auf und sah sich den Nippes im Schrank an. Lächerliches Zeug, nur ein paar zusammengebaute Miniaturmotorräder interessierten ihn einen Moment lang.

„Sind Sie mal so eine alte BMW gefahren?"

Nähert winkte ab. „Ach, das ist so lange her."

Jetzt fing die Pörl wieder an. „Können Sie uns

einfach alles sagen, Herr Nähert, was Ihnen die Familie Buhol betreffend noch erinnerlich ist."

Was war denn das für eine beknackte Sprache! regte sich Karsten innerlich auf. So quatschten doch sonst nur Anwälte.

Der Alte legte die Hände zusammen. Oho, jetzt wringt er den Rest seines Spatzenhirns aus, dachte Karsten.

„Also die Buhols waren eine glückliche Familie, so weit ich weiß. Sie machten zumindest einen harmonischen Eindruck, wenn ich mich recht erinnere. Aber ich, äh, wir haben sie ja nur wenige Male gesehen, eben bevor wir hier als Nachmieter eingezogen ..."

„Das wissen wir doch schon alles", unterbrach Karsten den Alten bei seinen Reminiszenzen. Aber wieder musste die Pörl das letzte Wort haben. Mit ihrer naseweisen Stimme fragte sie: „Waren denn die Eheleute Buhol nicht ..."

Da bleckte der alte Nähert die gelben Zähne und nickte. „Ja, ja, da war doch etwas. Die Eltern hatten sich scheiden lassen."

„Dann war es wohl doch keine so harmonische Familie."

„Nun ja", wieder bleckte der Alte sein Pferdegebiss. - Fehlt nur noch, dass er wiehert, dachte Karsten. „Sie kennen das ja", meinte er entschuldigend, „die Erinnerung färbt eben alles rosarot. Oder Wunschdenken vielleicht."

Der Heißwassererhitzer summte in der Küche, und Herr Nähert ging hinaus. Das Summen hörte auf, und er rief von der Küche aus. „Das kleine Mädchen jedenfalls wirkte immer recht vergnügt."

Karsten hielt es nicht mehr aus und fuhr die Pörl an: „Was soll denn das werden, wenns fertig ist? Ein gemütliches Teestündchen? Dafür ist keine Zeit. Wer ist der nächste Kontakt von dieser Buhol? Na, wirds! Holen Sie schon Ihre verdammte Liste raus." Karsten triumphierte innerlich, weil er sie schon wieder soweit hatte, dass sie sich ängstlich in ihren Sessel kauerte. Er riss ihr die Liste aus der Hand.

„Renate Jochum. Pharmazeutisches Institut." Er schmiss ihr die Liste in den Schoß. - Geh nur nicht zu weit, dachte er dabei. Halt dich zurück, Karsten. Sonst bist du draußen. Also gab er ihr noch ein paar Worte zum Abschied mit. „Ich fahre schon mal los. Sie können hier ja noch ein bisschen Tee trinken und dann den Bus nehmen. Draußen ist eine Bushaltestelle." Karsten wandte sich abrupt um und ging zur Tür.

„Danke. Ich habe mir den Fahrplan schon vorhin angesehen", segelte es hinter ihm her.

Diese verdammte Klugscheißerin!

Junges Gemüse rannte auf den Gängen sinnlos hin und her. Karsten fragte eine Gruppe von Studenten nach Renate Jochum. Wie Schafe sahen sie ihn an und sagten nichts. Wenn er mehr Zeit hätte, dachte er, würde er sie sich einen nach dem anderen vorknöpfen. Mit ihren Rucksäcken auf den Rücken schlurften sie einfach weiter. Aber nur ein paar Schritte, dann richteten sie ihre ausdruckslosen Augen auf den Mensa-Speiseplan. Er hörte erregte Stimmen. „Ich glaub, ich nehm die vegetarische Loempia", hörte er und: „Ich den serbischen Fleischspieß."

„Ich schieb euch euern Fleischspieß gleich in den Arsch," Karsten rannte los, und sie stoben auseinander wie ein aufgeschreckter Hühnerhaufen, „wenn ihr mir nicht sagt," er packte einen am Kragen seiner Barbour-Jacke und schüttelte ihn durch, „wo diese Scheiß-Renate sitzt."

„Versuchen Sie es doch mal bei den Assistenten im dritten Stock."

„Na bitte. Wer sagts denn."

Karsten wandte sich ab und ging weiter den Gang entlang, wo er eine Treppe vermutete. Dort war aber nur eine zugemauerte Nische. Wütend drehte er sich um und sah am anderen Ende des Ganges die grinsenden Gesichter der Studenten. Er setzte sich in Bewegung, und wie kleine Kinder verschwanden sie kichernd um die Ecke.

Kleine fickende Bastarde mit geschwollenen Drüsen. Durch Unmengen von ihnen watete Karsten hinauf bis unters Dach. - Bleib cool, sagte er sich, aber vor allem die Kaugummi kauenden Mädchen, die ihn musterten, setzten ihm zu. - Seit wann machen dich solche Schlampen nervös? Was ist mit dir los? fragte er sich. Ein Mädchen zog eine Schnute, als sie ihn sah und lackierte dann ihre Fingernägel. Sie blies sie trocken. - Was sollte das?

Was wollte sie von ihm? Immer noch kein Schild mit dieser verdammten Assistentin.

Er fragte einen graugekittelten älteren Mann, der den Flur moppte. „He, Dorftrottel. Kennst du eine Renate Jochum?" Als der Mann lächelnd zu ihm aufsah, wusste Karsten, dass er ihn überhaupt nicht verstanden hatte. Seine Laune sank immer weiter in den Keller.

„Du nichts verstehen, Kanake?"

Der Mann nickte beflissen.

„Komm, mopp weiter, Arschgesicht." Karsten stieß ihn zu seinem Kübel und Wägelchen. Jetzt begann der Mann auch noch zu pfeifen. Karsten kannte die Melodie. 'Du gehörst zu mir', die Schwulenhymne. Wollte der Scheißkerl damit etwa irgendetwas sagen? Von dem Ort, wo Karsten jetzt stand, zweigten etliche Gänge ab. Er entschied sich für einen und drückte die Klinken aller Türen hinunter. Sie waren alle verschlossen. Also nahm er eine andere Abzweigung. Der Gang schien immer enger zu werden, der Boden unter seinen Füßen federte knarzend. Es waren wohl nur Holzlatten, die mit einer Linoleumhaut überzogen worden waren. Wenn er etwas fester auftrat, würde er einbrechen. Die Schilder neben den Türen zeigten ihm, dass er auf der richtigen Spur war. Die Professoren hatten hier nicht ihre Zimmer, hier hausten Assistenten und Hilfskräfte. Die Luft war schlecht, so als würden irgendwo Gase ausströmen. Ihm fiel auf, dass er, seitdem er hier umherirrte, Kopfschmerzen hatte, die von Minute zu Minute schlimmer wurden. Das Ganze ging ihm auf die Nerven. 'Gisela Hundt', las er, 'Therese Nellen'. Er öffnete einfach die Tür der letzteren und fragte in den Raum hinein nach Renate Jochum. Eine hornbebrillte Frau, die eher wie eine Modeberaterin aussah, fragte spitz: „Warum?", worauf Karsten wortlos die Tür zuknallte. Er hatte einfach keine Lust mehr, sich mit diesen Zicken abzugeben. Jedes Wort war da zuviel! Er suchte weiter. Endlich, nach einem weiteren Knick, fand er den Namen 'Jochum' auf einem der Plastikschilder. Ohne zu klopfen, stieß er die Tür auf und sah eine kleine Person vom Schreibtisch hochschrecken. Unter ihrem Bürstenhaarschnitt blitzten ihn Brillengläser an. „Was fällt Ihnen ein, einfach so in mein Büro ..."

„Embisch, Polizei", unterbrach Karsten sie. „Sie kennen Sonja Buhol."

„Könnte ich Ihren Ausweis ..."

„Aber sicher." Er zeigte ihn ihr herablassend und sah sich in dem kleinen niedrigen Raum um, der unangenehm nach Essig roch. Eine Dachschräge, in der eine Luke etwas Tageslicht hereinließ, zog sich an der Seite bis auf Hüfthöhe hinunter. Auf einem kleinen Regal standen ein paar Chemikalien.

„Was ist denn das für ein Verschlag hier?" fragte er hämisch.

„Mir gefällts", sagte die Jochum keck. Sie kam sich wohl oberschlau vor und stützte ihre selten dumme, pausbäckige Visage irgendwie affektiert auf ihre gekreuzten winzigen Hände. Jetzt zeigte sie mit einer übertrieben einladenden Geste auf einen Stuhl gegenüber.

Karsten dachte gar nicht daran, sich zu setzen. Nach der Pfeife dieses Stumpen zu tanzen, das hätte noch gefehlt. „Sie haben nicht auf meine Frage geantwortet."

„Oh, mir muss entgangen sein, dass Sie etwas fragten."

Ihre schauspielernd unechte Art machte ihn krank.

„Wissen Sie, wo Sonja Buhol ist?"

„Nein. Keineswegs."

„Was können Sie mir über sie sagen?"

„Nicht eben viel."

- Wie sie ihr hässliches Mündchen spitzte. Wie sie die Worte setzte! Absolut zum Kotzen, dachte Karsten und schlug auf den Tisch. Tatsächlich zuckte sie zusammen.

„Soll ich Ihnen alles aus der Nase ziehen?", fuhr er sie an. „Ist es das, was Sie wollen? Dann reiß ich Ihnen aber gleich noch Ihre Polypen mit raus. Wollen Sie das?"

Sie hatte sich möglichst weit weg von ihm zurück gegen ihre Stuhllehne gequetscht, so als ob sie seinen schlechten Atem nicht ertrüge. Wahrscheinlich hatte er wirklich schlechten Atem. Er genoss es, dass er ihr ein bisschen Angst gemacht hatte. Aber da war noch etwas anderes ...

„Ich werde mich bei Ihrem Vorgesetzten beschweren." Das kleine Ding hatte die Stirn, ihm zu drohen.

Karsten setzte sich auf den Tisch und rückte ihr ganz nahe. Er sah, wie unter der Nickelbrille ihre blassen Wimpern hektisch blinzelten. Stockend begann sie: „Ich habe Sonja gestern noch gesehen. Ist ihr etwas passiert?" Der Stumpen war nicht dumm, musste Karsten anerkennen, denn der Zwerg merkte sofort, dass er hier keine Fragen zu stellen hatte und fuhr fort: „Sie hat mir vom Tod ihrer Freundin erzählt."

„Ja, ja, das wissen wir ja alles. Gestern ist noch jemand in ihrer Begleitung umgebracht worden." Karsten wollte sehen, wie der Stumpen reagierte.

„Was?"

Etwas zu großes Erstaunen, dachte er. Wirkte unecht. Vielleicht wusste sie schon davon. Nachbohren. „Hat Sie Sonja nicht angerufen?"

„Nein."

Karsten ließ eine unangenehme Stille entstehen und einwirken. Er starrte die Jochum unentwegt an und triumphierte, als sie es nicht mehr aushielt und einen Satz nachschob: „Wir sind nicht mehr so eng befreundet."

„Ach ja? Warum denn nicht?" Er hatte den Eindruck, dass etwas von ihrer Fassade abbröckelte.

„Wie das eben so geht." Lächeln und Achselzucken. Die kleine Person versuchte es mit einem Gemeinplatz.

- Nicht mit mir, dachte Karsten. Nachbohren. Aus dem Gleichgewicht bringen. Beleidigen. „Sie ist wohl lieber mit anderen zusammen."

„Das mag schon sein."

Jetzt war er sich sicher, dass diese kleine Hexe etwas zu verbergen hatte. Er sah sie einfach an. Schmoren lassen. Er merkte, dass sie nervös wurde. Die wusste was! Ihm ging durch den Kopf, wie abgeschieden sie hier waren. Dass sie ihm ausgeliefert war. Sie hatte wohl einen ähnlichen Gedanken, denn sie sagte jetzt mit belegter Stimme:

„War das alles?"

- Du denkst, du kannst dich retten. Aber da hast du dich verrechnet. Er sah sie um Haltung ringen. Ihre kleinen Händchen lagen hilflos auf dem Tisch. Sie versuchte, ihren Platz zu behaupten.

„Könnten Sie sich bitte vom Tisch ... Meine Papiere ...", sagte sie schwächlich. Fast war es schon ein Flüstern.

„Ich denke gar nicht daran", flüsterte er ihr ins Gesicht, „mir von einer mickrigen Lesbe sagen zu lassen, was ich zu tun habe." Er sah, dass ihre schmalen, hässlich verzogenen Lippen zitterten. Jetzt war es aus mit ihrer Schläue. Der Gedanke, dass er ihr Geheimnis aus ihr herausholen konnte, erregte ihn. Wenn er nun ...? Sie mochte so clever sein, wie sie wollte, aber sie war schwach. Wie sie da auf ihrem Stühlchen hockte! Die kurzen Beinchen, die schmalen Schultern. Er brauchte nur zu warten, bis sie einen Fehler machte.

Und sie machte ihn.

„Gehen Sie endlich!" schrie sie schrill und sprang auf.

Dann ging alles sehr schnell. Karsten packte sie,

als sie versuchte, an ihm vorbeizukommen. Hob sie wie eine Feder auf. Hielt ihr den hässlichen fransigen Mund zu. Sah ihre umherirrenden Augen aus nächster Nähe. „Sagen Sie es!" Seine eigene Stimme klang fremd.

Sie schnaufte gegen seine Finger. Ein bisschen Rotz lief über seine Hand. Ekelhaft. Aber trotzdem fühlte er sich gut. „Sagen Sie es!" Sie schien etwas mit den Augen signalisieren zu wollen, und er nahm seine Hand von ihrem Mund.

„Ich war es." Ihr kleiner Mund röchelte. Er sah ihre spitzigen Nagetierzähnchen.

Sie hing vor ihm halb in der Luft. Es bereitete ihm ein seltsames Vergnügen, sie zu schütteln. Befremdet merkte er, dass sein Glied steif war. Sie streifte es mit ihren strampelnden kurzen Beinen und gab keuchend zu, die Freundin der Blondine getötet zu haben.

Karsten drückte sie mit dem Kopf gegen die schräge Wand. „Und? Und?" Jetzt würgte er sie. Ihr Mund öffnete sich krampfhaft, aber sie hatte nicht mehr viel Luft und bracht nur noch mühsam einzelne Worte hervor. Er fühlte seine Erektion und wusste mit einem Mal, wohin das Ganze führen würde, was er wollte.

„Passage ... Sonjas Freund ..."

Besser konnte es nicht laufen. „Du Stück Scheiße", zischte er ihr ins Ohr und spürte gleichzeitig, wie seine Hände ihren Hals immer fester und härter zudrückten. Ihr Gesicht war blau angelaufen.

Die kleine Frau bäumte sich noch einmal auf, „... liebe ... Sonja", räusperte sie hervor und versuchte, ihn zu treten, aber streifte nur sein Glied, das in seiner Hose zu pulsieren begann. Sie zappelte spasmisch im Todeskampf, nässte ein, es tropfte, er knickte in den Knien ein und kam, fühlte, wie sein Samen aus ihm heraus in seine Hose schoss, sah ihre Augen starr werden und hielt sie immer noch gegen die schräge Decke gepresst. Jetzt weiter von sich entfernt, um zu verhindern, dass sie ihn nass machte. Seine Arme zitterten, sie wurde ihm zu schwer, und er ließ sie zu Boden sinken. „Wenn du dich jetzt sehen könntest", beschimpfte er sie. „Was hast du Stück Scheiße dir nur dabei gedacht."

Noch schwach in den Knien beugte Karsten sich zu der Leiche hinunter. Er zog ihr den Gürtel aus und legte ihr ihn um den Hals. Dann versuchte er, sie am Dachlukengriff aufzuhängen, aber es gelang ihm nicht, weil er nur eine Hand frei hatte. Also zog er ihr die Gürtelschlinge wieder vom Kopf und befestigte sie am Griff. Nun erst hob er die Leiche hoch, manövrierte ihren Kopf in die Schlinge, zog sie zu und ließ sie baumeln. Dann fiel ihm ein, dass er Indizien brauchte, um sie in Zusammenhang mit den Morden zu bringen. Ihr Geständnis war wertlos für ihn, denn er musste sie ja erhängt gefunden haben. Also griff er der schaukelnden Leiche in die Jackettasche, fand auf ihrem Ausweis die Adresse, nahm den Schlüsselbund an sich und wandte sich ab. Ihre Wohnung war nicht weit entfernt. Er sah an sich hinunter, auf den nassen dunklen Fleck neben seinem Hosenschlitz. Der Fleck würde immer größer werden, wenn er nichts unternahm. Nur keinen Fehler machen, ermahnte er sich selbst und lauschte an der Tür, ob jemand auf dem Gang war. Als er nichts hörte, schlich er hinaus und versuchte, den langen Gängen wie ein zufälliger Besucher zu folgen. Ohne dass ihm irgendjemand begegnet wäre, fand er schließlich eine Toilette, wo er sich so gut es ging abwischte. Er spülte das Toilettenpapier hinunter, wusch sich sorgfältig die Hände und trocknete sich mit Papiertüchern ab. Der Fleck ließ sich nicht so schnell trocknen, aber in einer halben Stunde würde nur eine hellere, etwas steife Stelle auf dem Stoff übrig bleiben.

Karsten war froh, als er wieder im Wagen saß. Ein paar Minuten starrte er auf das Lenkrad und dachte nach. War er ein perverser Triebtäter? Nein. Eine Mörderin hatte bekommen, was sie verdiente. Gut, ihm war es dabei gekommen, aber was besagte das schon? Er hatte der Gerechtigkeit gedient und dem Staat Kosten eingespart. Das war alles.

Karsten rief die Zentrale an und meldete den Selbstmord. Er empfing eine Durchsage über einen Mord in der Adolfstraße, in dessen Zusammenhang eine Blondine gesucht wurde. Vielleicht hatte die Lesbe auch diesen Toten auf dem Konto. Karsten beschloss, sich schnell ihre Wohnung anzusehen und dann sofort in die Adolfstraße zu fahren. Die Untersuchung der Umstände ihres Selbstmordes konnten erst einmal andere übernehmen.

Sobald er die Wohnung der Lesbe sah, wusste er, dass ihm nun nichts mehr passieren konnte. An den Wänden hingen große Fotos von Sonja Buhol. Es war offensichtlich, dass die dumme Tusse von der Blondine geradezu besessen gewesen war. Sicher würde die Spurensicherung etwas finden. Wahrscheinlich hatte dem Stumpen die Obsession für Blondie derart das Hirn verbrannt, dass sie die Mordwaffe und auch Drogen, die beim zweiten Mord eine Rolle gespielt hatten, in ihrer Wohnung aufbewahrt hatte. Oder das kranke Teil hatte alles sorgfältig im Tagebuch notiert. Karsten musste grinsen. Im lila Tagebuch. Eigentlich hatte er dieser Lesbe einen Gefallen getan. Es war nicht nötig, sich hier weiter umzusehen. Was er gesehen hatte, reichte, um ihr den Strick zu drehen. Den Strick, den sie schon um den Hals hatte. Er schaute noch einmal auf eines der großen Fotos und schwor der Blondine, die ihn darauf unverschämt anschaute, dass sie als nächste dran wäre.

Gut gelaunt brauste Karsten zum Tatort des dritten Mordes und gab dabei über Funk Meldung von der möglichen Täterschaft der Selbstmörderin.

Doch seine Miene verdüsterte sich sofort, als das erste, was er in der Adolfstraße sah, die wichtigtuerische Visage der Kollegin Pörl war. Auf unerträgliche Weise spielte die sich in den Vordergrund, sprach gerade mit dem Nachbarn, der sagte, er habe eine Blondine fortgehen gesehen, und gab gleichzeitig immer wieder kurze Anweisungen. „Nehmen Sie doch auch dort noch Fingerabdrücke. Lassen Sie den Toten bitte noch einen Augenblick liegen." Und so ging das in einem fort. Karsten freute sich auf den Moment, wo er ihr seine Ergebnisse vor den Latz knallen würde. Ihr ehrgeiziges Gesicht würde zu einer teigigen Masse zusammenfallen, aus der sie dann versuchen würde, interessierte und zufriedene Züge herauszukneten.

Karsten betrat die Küche und erstarrte, als er den Mann mit blau angelaufenem Gesicht auf dem Boden liegen sah. Genauso blau war die Fresse der Lesbe gewesen. Und was war mit dem Schwanz des Opfers geschehen? Für einen Sekundenbruchteil kam es ihm so vor, als sei er es gewesen, der diesen Menschen erwürgt hatte. Gerade eben. Jetzt würden sie ihm auf die Schliche kommen! Wie hatte es nur über ihn kommen können? Ein Rauschen entstand in Karstens Kopf, und er bemühte sich, unauffällig im Hintergrund zu bleiben. Aber der Schwanz? Er musste immer auf den Mann am Boden sehen und konnte nicht klar denken. Ja, die Zunge war auch bei der Selbstmörderin so hervorgetreten, die Augen waren hervorgequollen und geöffnet geblieben. Selbstmörderin. Das musste er sich einimpfen. Die Selbstmörderin. Natürlich! Er hatte nicht das Geringste damit zu tun. Karsten entspannte sich etwas. Nur eine Frau, die Männer hasste, konnte so etwas tun. Neben den zwei anderen hatte sie auch diesen Toten auf ihrem schmutzigen Gewissen. Er entschloss sich, nicht so untätig dabeizustehen und fragte: „Womit ist er erdrosselt worden?"

Natürlich trat in diesem Moment Schweinchen Schlau Pörl in die Küche und kanzelte ihn mit den Worten ab: „Lassen Sie die Männer ihre Arbeit tun. Das ist alles schon untersucht worden. Es gibt noch andere Fragen zu klären."

- Gut, Schlampe, dachte Karsten, du willst es nicht anders! Du gräbst das Kriegsbeil aus. Du sollst deinen Krieg haben. Er baute sich vor der Pörl auf und sagte triumphierend: „Sie können sich den ganzen Scheiß hier sparen. Es war diese Jochum, eine Lesbe. Ich habe ..."

Die Pörl hatte den Nerv, ihn zu unterbrechen und in eisigem Ton zu sagen: „Das weiß ich schon alles über Funk, Kollege Embisch. Entspannen Sie sich und ...", er sah genau, wie sie ihre Schweinenüstern schnüffelnd blähte, „nehmen Sie mal eine Dusche."

Er fühlte puren Hass und musste sich zusammenreißen, um nicht zuzuschlagen. - Du bist die nächste, schwor er sich und erinnerte sich an die Blondine. Mit belegter Stimme zischte er sie an: „Sie verschwenden hier nur Zeit. Wir müssen die blonde Schlampe finden."

„Vollkommen richtig. Na dann los! Rennen Sie los, Embisch!"

Sie verarschte ihn. Und sie hatte ihn einfach 'Embisch' genannt. Sie legte es darauf an, plattgemacht zu werden. Karsten ballte seine

Hände in den Hosentaschen zu Fäusten. Das war ein Fehler, denn das ausgefuchste Luder sah provozierend auf seine ausgebeulten Taschen. Er erinnerte sich an den Fleck auf seiner Hose und zog schnell seine Lederjacke zu. Hatte sie den Fleck gesehen? War der Fleck überhaupt noch zu sehen. Er konnte es jetzt nicht nachprüfen. Zog sie bereits ihre Schlüsse? - Sie ist klüger als ich! Wahrscheinlich hatte diese läufige Hündin sein Sperma gerochen und durchschaute ihn. Er musste sie wegräumen. Weg mit ihr!

Noch immer standen sie sich gegenüber. Er sah ihr in die Augen und versuchte, nicht mehr an den Fleck zu denken. - Wenn du dummes Stück Gedanken lesen könntest, würdest du schreiend wegrennen. Aber er merkte, dass er ihrem angewiderten Blick nicht mehr länger standhalten konnte. Doch gerade als er sich abwenden wollte, drehte sie ihr blasses Gesicht zur Seite und von ihm weg. - Ha! Schweinchen Schlau scheißt sich in die Hosen. Dir besorg ich es noch! schickte er ihr in Gedanken hinterher. Aber erst hol ich mir Blondie.

Während er im Wagen an dem verkrusteten Fleck herumkratzte, erreichte ihn über Funk eine Gratulation vom Hauptkommissar.

Das alte Haus

Sonja lief durch die Stadt. Sie musste sich bewegen, sich müde machen, um nicht ständig an die Toten zu denken, um ihre kreisenden Gedanken abzulenken und auszuschalten. Sie suchte die Menge im Zentrum, stürzte sich in die Menschentrauben vor den Kaufhäusern, lief mit der Mehrheit mit. Sie folgte den Strömungen zwischen den engen Häuserwänden ins Gedränge des Marktplatzes. Sie verlor sich in den Massen, die sie mit sich rissen. Sie wurde um Ecken gedrängt, zwischen automatisch sich öffnenden Schiebetüren hindurch in Abteilungen hinein, die sie noch nie betreten hatte. Sie ließ sich schubsen, auf die Füße treten und genoss das Brausen der Tausenden von Stimmen, das sie umwogte, aufbrandete und weitertoste. Zwischen den Leibern fühlte sie sich geborgen, willenlos verschmolz sie mit dem Strom. Gleichzeitig schaute sie, um nur nicht nachzudenken, in die Gesichter der mit ihr Laufenden und der Entgegenkommenden. Das war es, was sie wirklich ablenkte: die Gesichter. Sie tauchte in Physiognomien ein, um sich zu vergessen. Da war der schüchterne Junge mit der Akne und dem Flaum auf der Oberlippe, der mit offenem Mund seiner resoluten Mutter folgte. Da begegneten ihr drei kichrige Teenie-Freundinnen, die sich Dinge hinter vorgehaltenen Händen zuflüsterten, sie sah einen Augenblick lang zwei Zahnspangen, Freundinnen, die ihre langen Haare warfen und sich umarmten. Oder sie sah im Vorübereilen den traurigen Alkoholiker mit ordentlich gescheiteltem schütteren Haar, der an einem Kassenband zitternd und sorgsam seine Bierdosen in eine schäbige mitgebrachte Tasche packte. Viele Menschen schienen verzweifelt zu sein und trotteten mit herabhängenden Mundwinkeln durch die Glitzerwelt. Sonja fühlte, dass sie zu der Menge gehörte. Es tröstete sie und tat ihr gut, nur ein kleiner unbedeutender Teil dieser großen Masse zu sein.

Fast hätte sie die Zeit vergessen, dann aber stand sie gequetscht in der U-Bahn und fuhr in den Süden der Stadt. Beim Aussteigen umgab sie noch die schützende Menge, aber je weiter sie sich von der Station entfernte, desto weniger Menschen gingen vor, neben oder hinter ihr. Beklemmung ergriff sie angesichts der leeren Straßen, hohen Buchsbaumhecken und düsteren Eiben, die Grundstücke mit blassfarbenen Villen abschirmten. Nun war nur sie allein noch auf der Straße. Hier war es still. Die Beine wurden ihr mit jedem Schritt schwerer. In der Entfernung sah sie schon das alte Haus, in dem sie ihre Kindheit verbracht hatte. Und ihr war, als komme das Haus auf sie zu, als sei es das Haus, das sich ihr nähere, nicht sie, die sich dem Haus näherte. Warum bedrückte sie der Anblick dieses Hauses so? Sie hatte doch auch gute Zeiten darin erlebt. Sonja musste wieder an die Toten denken: Melli. Raheed. Der Fotograf. Der mausgraue Plattenweg unter ihren Füßen begann zu schwanken. Die Toten. Sie sah geradeaus auf die über ihr aufragende Wand des alten Hauses. Sie sah die Gesichter der Toten. Melindas Gesicht, das friedliche Gesicht Raheeds, das blau angelaufene, verzerrte des Fotografen. Die Fenster des Hauses waren dunkle Spiegel. Sie sah darin die grauen Wolken, die schnell am Himmel hinzogen. Das Haus schien zu pulsieren. Sonja nahm sich zusammen, schaffte die letzten Schritte und klingelte. Sie war zu erschöpft, um sich vor dem ungewissen Anblick des Vaters zu fürchten. Sie dachte nicht darüber nach, ob er sich verändert hatte. Als geöffnet wurde, hob sie den Blick zum Vater auf und sah das vertraute Gesicht; nur etwas gealtert war es. Der Vater lächelte freundlich, und erleichtert trat Sonja ein. Als sie an ihm vorüberging, schien es ihr, als sei er kleiner geworden. Er hielt sich schlechter.

Im Haus war es dunkel. Wie früher, dachte Sonja. Schon immer war es dunkel in diesem Haus gewesen. Das lag an der Ligusterhecke vorne und an den Tannen, die hinten im kleinen Garten standen. Es roch seltsam, und Sonjas Blick glitt im Kreis über die Tapeten, Bilder an der Wand, eine Uhr neben der Tür ... Sie suchte nach Dingen, die sie an ihre Kindheit hier erinnerten, nach

Anhaltspunkten, an denen sie sich hätte festhalten können. Aber sie fand nichts.

Der Vater führte sie ins Wohnzimmer. Alles erschien ihr kleiner und ganz verkehrt. Das Sofa stand am falschen Platz, eine Kommode stand da, wo früher die Stehlampe gewesen war, eine solche Schrankwand hatte es nicht gegeben. Sonja schaute den Vater an. Seine gepflegte Erscheinung beeindruckte sie. Er war gut rasiert und duftete nach Rasierwasser. Anteil nehmend sah er sie an. - Ich sehe wohl schlimm aus, dachte Sonja. Dann fragte er sie, ob sie einen Tee wolle. Um sie nicht zu überfallen, wie sie meinte. Sie schüttelte den Kopf. Der Vater faltete die Hände und stellte sich darauf ein, zuzuhören. Aber Sonja saß nur da und sah auf den kleinen hellen gemaserten Holztisch, an dem sie saßen. Es war ihr angenehm, an nichts zu denken, aber plötzlich hatte sie den alten, großen, dunklen Glastisch vor Augen, in dem sie sich als Kind immer gespiegelt hatte. Der Vater meinte wohl, das Eis brechen zu müssen und erzählte, dass er sich hier für ein paar Tage eingemietet habe. Das Ehepaar, das hier wohne, sei in den Urlaub nach Spanien gefahren. „Die sitzen jetzt sicher gerade auf einer Terrasse am Meer und trinken Sangria", sagte er.

Diese schöne Vorstellung stand so im Gegensatz zu den Bildern, die in Sonjas Kopf waren, dass sie zu weinen anfing.

Der Vater versuchte sie zu beruhigen und sagte, sie solle ihm nur alles von Anfang an erzählen.

Stockend begann Sonja von ihrem Einkauf mit Melinda zu berichten. Immer schneller kamen die Worte aus ihrem Mund, und der Vater hörte nur schweigend zu. Die Tränen liefen ihr bis auf die Lippen hinunter, so dass sich vor ihrem verzerrten Mund Blasen bildeten. Der Vater verschwamm hinter einem Schleier aus salzigem Wasser. Irgendwann drückte er ihr ein Taschentuch in die Hand. Sie trocknete sich das Gesicht ab und sah ihn noch schluchzend an. Da saß er und wusste nicht, was er sagen sollte. Sonja wurde plötzlich wütend auf ihn und überschüttete ihn mit Vorwürfen. Warum er sich nie gemeldet habe? Warum er nie dagewesen sei? Was denn so wichtig wäre, dass er sich all die Jahre nicht um seine Tochter gekümmert habe?

Auch der Vater wirkte jetzt mitgenommen. Er versuchte, sich zu entschuldigen. Obwohl er wisse, dass es eigentlich keine Entschuldigung für sein Verhalten gebe. Aber er habe immer an sie gedacht, sei in Gedanken bei ihr gewesen. Fortwährend sei er ihr sozusagen gefolgt.

Sonja verzog geringschätzig den Mund, sagte jedoch nichts, weil sie sah, wie es im Vater arbeitete. Er hatte die Augen fast zugekniffen und blinzelte heftig. „Lass uns zusammen wegfahren. Vater und Tochter. Nur wir beide", sagte er jetzt. „Du und ich. Wir können ja auch nach Spanien fahren. Mieten uns in kleinen Hotels ein. Holen alles nach, was wir versäumt haben."

„Und was ist mit der Polizei?" fragte Sonja.

„Schschsch", beschwichtigte er sie. „Die rufe ich jetzt gleich an, mein Mädchen."

Der Vater ging hinaus in den Flur. Sonja hörte, wie er den Hörer abnahm und wählte. - 'Mein Mädchen'. Sonja fiel ein, dass er sie so als Kind immer genannt hatte, und sie erinnerte sich an seine beschwichtigende Stimme. Schschsch. Gleichzeitig verdüsterte sich ihre Stimmung wieder. Das musste das Haus sein, die Atmosphäre, die hier zwischen den Wänden herrschte. Draußen hörte sie jetzt die Stimme des Vaters: Kalt und bestimmt sprach er mit der Polizei, und mit einem Mal hatte Sonja die Mutter vor Augen und bekam Angst. Sie wusste nicht, warum sie Angst bekam, aber es machte sie so unruhig, dass sie aufstand und auf die Diele ging. Sie sah das etwas überraschte Gesicht des Vaters, der gerade den Hörer auflegte. „Sie sind gleich da", sagte er und nahm sie in seine Arme. „Ich werde immer bei dir sein, mein Mädchen."

Sonja sah in die Küche hinein, während sie die Arme ihres Vaters um die Schultern spürte und erstarrte. Es schien ihr, als sehe sie ihre Mutter vor der Spüle stehen und höre sie weinen. Von der Seite sah sie den Nacken des Vaters, der sich immer enger an sie drängte, stärker presste. Und jetzt hatte sie das ganze Bild vor Augen: Die Gestalt des Vaters, der vor der Mutter stand und sie schlug. Sonja stieß ihn von sich, und der Vater fragte, was mit ihr sei. Sie sah in sein Gesicht und sie sah wieder, wie ruhig es geblieben war, während er die weinende Mutter geschlagen hatte, gezielte Schläge gegen den Kopf von beiden Seiten, Stöße vor die Brust.

„Vielleicht möchtest du dich etwas hinlegen."

„Aber die Polizei kommt doch gleich."

Er lächelte und starrte sie seltsam an. „Wir haben noch Zeit."

Sonja durchrieselte es. Vielleicht hatte der Vater die Polizei gar nicht angerufen, nur so getan, als telefoniere er mit der Wache. Er spürte wohl, dass sie mit einem Zittern kämpfen musste und griff in diesem Moment nach ihrer Hand. Und jetzt spürte Sonja, dass sie es mit einem Verrückten zu tun hatte, denn der Vater quetschte ihre Hand so stark, dass Sonja laut aufschrie.

„Hör auf zu schreien. Schschsch!" Da war es wieder. Schschsch. Es machte ihr furchtbare Angst. Sie fühlte sich plötzlich wieder wie das kleine Mädchen, das sie einmal gewesen war. Das der Vater in das Badezimmer oben geführt hatte.

Komm mit, mein Mädchen.

Vor dem der Vater sich ausgezogen hatte. Schschsch.

Das den Vater anfassen musste. Schschsch, mein Mädchen.

Das der Vater angefasst hatte ... Schschsch.

Sonja sah auf die runzlige Altmännerhand, die über ihren Busen fuhr. „Zieh dich aus", flüsterte der Vater zärtlich drohend.

„Nicht hier", gelang es Sonja zu sagen. Sie musste Zeit gewinnen. „Oben."

Der Vater zog sie die Treppe hinauf. Bevor er eingreifen konnte, öffnete Sonja die nächstbeste Tür. Mit einem merkwürdig reißenden Geräusch ging sie auf: Abdichtklebeband hing am Rahmen herab, und ein grauenvoller Gestank strömte ihr entgegen. Für einen Augenblick sah sie in einer Ecke zwei Leichen, die übereinander lagen, dann stieß sie der Vater weiter und ins Badezimmer hinein. Er schloss die Tür. „Das hättest du nicht tun sollen", sagte er.

„Du hast sie umgebracht!", schrie Sonja und würgte trocken.

„Schsch! Zieh dich jetzt aus", befahl er ihr leise.

Sonja zitterte.

Jetzt näherte er sich ihr wieder bedrohlich.

Schnell streifte sie ihren Pullover über den Kopf.

„So ist es gut", sagte der Vater und wartete.

Sonja zog ihr T-Shirt aus. Sie sah, wie ihr Vater ihren Körper mit seinen Blicken liebkoste, sah, wie er seinen Gürtel öffnete und die Hose auszog. Nein, sie wollte das Ding zwischen seinen Beinen nicht sehen und starrte auf seine Knie.

„Nimm ihn in die Hand, mein Mädchen."

Er sprach so, erinnerte sie sich, wie er früher zu ihr als Kind gesprochen hatte. Der Ekel schüttelte sie. Sie bekam eine Gänsehaut. „Mir ist kalt", sagte sie, schaute sich um und schaltete schnell einen kleinen elektrischen Heizofen an.

„Zieh dich aus."

„Lass uns ein warmes Bad zusammen nehmen."

Sie drehte den Wasserhahn auf.

Der Vater lächelte und nickte langsam. Er kam auf sie zu, und Sonja bekämpfte ihre panische Furcht. Er sagte: „Meine Füße werden kalt. Ich komm zu dir auf die Fußmatte." Jetzt beobachtete er sie aus nächster Nähe. Sie hörte seinen Atem durch die Nasenlöcher pfeifen.

Nackt stand sie vor ihm.

„Überall hin bin ich dir gefolgt", flüsterte er und wollte sie anfassen.

Schnell setzte sich Sonja in das flache Wasser der Wanne.

„Lange habe ich dich beobachtet, mein Mädchen. So lange habe ich darauf gewartet." Der Vater lächelte und stieg ihr nach. Langsam ließ er seinen Unterleib ins Wasser sinken. „Renate denkt immer noch, du kehrst zu ihr zurück."

„Was hat Renate damit zu tun?"

„Nach ihrem ersten Mord an deiner Freundin kreuzten sich unsere Wege, und wenn sie mir nicht geholfen hätte ..." Der Vater legte seine Hand auf ihre Knie und versuchte sie auseinanderzudrücken.

„Du bist ... verrückt ..."

Der Vater krallte seine Nägel in ihren Oberschenkel und redete hastig auf sie ein: „Endlich steht niemand mehr zwischen uns. Du sollst mir allein gehören. Mir! Nicht irgendeinem Schlappschwanz. Du siehst ja, was ich mit solchen Schwänzen mache. - Mein Mädchen. Du bist so schön. So wie früher. Erinnerst du dich daran?"

Sonja sah den intensiven, glücklichen Blick seiner strahlend blauen Augen. Er glaubte sich völlig im Recht. Sie riss sich los, sprang aus der Wanne und warf den Heizofen ins Wasser. Der Körper des Vaters bäumte sich auf. Ein bläulicher Blitz lief über ihn hin. Es knallte. Das Gesicht zur Grimasse verzerrt, wand er sich noch ein paar Sekunden zuckend im Wasser, die Arme gestreckt rudernd, die Finger zu Klauen gekrümmt. Sonja raffte ihre Sachen zusammen, stürzte die Treppe hinunter und aus dem Haus.

Auf der anderen Straßenseite neben einer Mülltonne streifte sie schnell die Kleider über und fixierte dabei angstvoll die Tür des Vaterhauses. Nichts rührte sich. Eine Gardine bewegte sich im Haus zu ihrer Rechten. Sonja rannte los. In die Dunkelheit. Waren das die Bäume über ihr? Vor ihr auf der Straße lagen Abertausende von zertretenen roten Beeren. Es war, als liefe sie über einen endlosen, rot gefleckten Teppich. Sie lehnte sich an einen schmalen tiefgefurchten Stamm. Der Himmel war schwarz über den knorrigen braunen Ästen. Gleich würde es regnen. Sie schnappte nach Luft. Schweiß lief ihr am ganzen Körper hinab. Weißschöpfige Alte standen ratlos hinter einer schütteren Hecke. Sie hatten vergessen, wer sie waren und wo sie waren. Pflegerinnen führten sie wieder in ein großes Haus hinein. Sonja ging unsicher mir weichen Knien weiter. Ein Windstoß ließ das verwelkte Laub der Büsche und Hecken rascheln. Ihr wurde kalt. Ein Kleid aus Blättern, dachte sie. War diese Dunkelheit schon die Abenddämmerung? Sie hetzte unter einer dumpf dröhnenden Brücke hindurch und geriet auf eine Fläche, die von großen Kieselsteinen bedeckt war. Dort kam sie nur langsam voran, denn die Steine glitten unter ihren Füßen weg, so dass sie immer wieder umknickte. Sie folgte einem gewundenen Weg, der plötzlich im Wasser verschwand. Sie befand sich am Ufer des Rheins. Der Fluss war hoch gestiegen und hatte die Uferwege überspült.

Inzwischen war es ganz dunkel geworden. Sonja merkte mit einem Mal, dass sie schluchzend mit sich selbst gesprochen hatte. Sie platschte in einen See, den sie in der Dunkelheit nicht gesehen hatte und etwas Helles zischte sie an. Es war ein Schwan, der seine Flügel drohend hob und den Hals vorstreckte. Sie stieß auf eine geflochtene Wand und tastete sich an ihr entlang, bis sie einen Eingang fand. Wasser rauschte, eine kleine Fläche spiegelte, auf einem Hügel erhoben sich bleiche Birken. Sie musste im japanischen Garten der Rheinaue sein. Hier saß sie in der Falle. Es gab hier nur einen Ausgang. Wenn ihr jemand gefolgt war, kam sie nicht mehr an ihm vorbei. Renate mit ihrem Messer. Oder der Vater. Vielleicht war er ja nicht tot. Panik ließ sie auf das schwarze Eingangsbambustor zulaufen. Kaum war sie draußen, stieß sie mit den Knien gegen eine niedrige Mauer, fiel mit dem Gesicht auf weiches Moos, lief weiter. Als sie das nächste Mal in eine Art Beet fiel, ertastete sie eine metallene Tafel mit erhobenen Punkten darauf. Blindenschrift. Der Blindengarten! Wenn sie sich in Richtung des

Hochhauses hielt, das schwach beleuchtet in einiger Entfernung aufragte, musste sie wieder in eine belebtere Gegend gelangen.

Sie ging jetzt querfeldein, trat plötzlich ins Leere und rollte einen Hang hinab. Pechschwarz stieg ein aufgeschütteter Hügel vor ihr auf. Wieder hatte sie die Orientierung verloren. Sie meinte, die Umrisse eines Menschen vor sich zu sehen. Was konnte das für ein Mensch sein, der dort still stand? Nur ein Verrückter würde so dort stehen. Zitternd ging sie darauf zu und versuchte, ihren keuchenden Atem anzuhalten. Es war nur eine zurechtgeschorene Hecke. Aber was war hinter der Hecke? Sie machte einen Bogen und sah in einiger Entfernung etwas Weißes auf dem Boden liegen. Es schien sich zu bewegen. Der sich windende Vater! Sie meinte, eine kleine Gestalt daneben hocken zu sehen. Renate! Schnell lief sie in entgegengesetzter Richtung fort. Aber dort war alles schwarz. Dorther kam sie ja. Also musste sie an dem Weißen vorbei. Sie ging darauf zu. Ihre Augen kreisten, um besser zu sehen. Sie kam näher und näher. Erwartete, dass der Vater und Renate jeden Moment aufspringen würden. Nichts geschah. Es war eine liegende Statue, sonst nichts. Nun war sie nicht mehr weit vom Hochhaus und von den Menschen entfernt. Da hörte sie über sich etwas knarren, und ihr Blick irrte in die Höhe. Dort hob sich etwas Großes vom Himmel ab, eine Art gigantischer Rabe, ein riesiges Gesicht darunter, zu einer Grimasse verzerrt, bleiche Gesichter übereinander getürmt ... Es war ein hölzerner Totempfahl, zehn Meter hoch. Ich kenne ihn doch, dachte sie, diesen Totempfahl, aber dennoch raste ihr Herz. Sie schaute sich nicht um und lief auf wackligen Beinen weiter auf das glitzernde Hochhaus zu. Gleich musste sie da sein! Aber es rückte nicht näher. Die gekrümmten Schoten eines Tulpenbaums schoben sich davor. Die meisten Lichter im Gebäude gingen aus. Jetzt war es nicht mehr weit.

Endlich war sie auf der Straße neben dem düster aufragenden Klotz. Um die Pfeiler am gläsernen Eingang pfiff der Wind. Die Parkplätze lagen verlassen im Dunkel. Warum war denn hier niemand mehr? Es war doch noch nicht spät.

Sonja konnte nicht mehr weiterlaufen und suchte in einer Telefonzelle Zuflucht. Zum Glück war die Beleuchtung kaputt, so dass sie man sie von außen nicht so leicht sehen konnte. Fieberhaft wählte sie die Nummern, die sie auswendig kannte. Andreas Stimme säuselte auf Band, dass sie eine Nachricht hinterlassen solle, und Sonja sprach keuchend ein paar Worte. Sie suchte in der Kabine die Nummer der Telefonzelle, fand sie schließlich und gab sie durch. Dann versuchte sie, Natascha zu erreichen. Natascha quiekte, als sie hörte, wer am Apparat war. „Na, wie war dein süßer Marokkaner?"

„Natascha", sagte Sonja mit zitternder Stimme und hielt die Tränen zurück, „ich brauche deine Hilfe."

„Gestern sah es aber so aus, als würdest du gut

allein mit ihm fertig." Natascha schlürfte etwas. Im Hintergrund war Musik zu hören.

„Es ist etwas passiert. Ich brauche dich."

„Kein Problem", Nataschas Zunge war schwer, „wenn es um ein so hübsches Lockenköpfchen geht, kannst du auf mich zählen."

„Kannst du mich abholen."

Gläserklirren. „Wie stellst du dir das denn vor, Schätzchen? Ich kann doch als Gastgeberin nicht ... und fahren kann ich auch nicht mehr."

„Vielleicht kann jemand anders ..."

„Also jetzt hör mal zu, du Stimmungskiller. Du willst mir doch meine Gäste nicht entführen. Nimm dir doch einfach ein Taxi und komm her."

Sonja konnte nichts mehr sagen. Ein Schluchzen schüttelte sie.

„Mit deiner schlechten Schauspielerei verdirbst du mir jetzt nicht meine Champagnerlaune, Schätzchen. Hugh. Tante Natascha hat gesprochen." Sie hickste und legte auf. Vielleicht war ihr aber auch das Telefon aus der Hand gefallen.

Sonja schneuzte sich und sah mit Schrecken, dass die Glasscheiben der Kabine von innen immer stärker beschlugen. Sie wühlte in ihren Taschen, fand das Notizbuch des Fotografen und blätterte darin. Im schlechten Licht einer fernen Laterne las sie die letzte Eintragung. Daniels Telefonnummer. Der Fotograf, wie hatte er noch geheißen?, Niko?, hatte gut von ihm gesprochen. Sie wählte die Nummer und begann sofort zu weinen, als Daniel sich meldete.

„Du kennst mich nicht. Ich bin eine Freundin von Niko." Ihr Schluchzen schüttelte sie immer wieder. „Dem Fotografen."

„Woher haben Sie meine Nummer?"

„Er ist tot."

„Was?"

„Mein Vater hat ihn ermordet. Und jetzt habe ich meinen Vater umgebracht. Er wollte ..." Sie konnte nicht weitersprechen, das Weinen ergriff sie und wrang sie aus wie ein nasses Handtuch.

„Und die Polizei?"

„Die glauben mir nicht. Ich habe keine Kraft mehr ..."

„Wo sind Sie?"

„In einer Telefonzelle. Neben dem Posttower. Die Telefonnummer hier ist ..." Sonja las mit monotoner Stimme die Zahlen vor.

„Ich hole Sie ab. Und vorher schaue ich mir noch das Haus an, wo Ihr Vater ..."

„Warum? Glauben Sie mir nicht? Das Haus ist voll von Toten."

„Wo ist es?"

Sonja sagte ihre alte Adresse auf, wie sie es immer als Schulkind getan hatte.

„Warten Sie auf mich."

Sonja hängte den Hörer ein. Durch die Scheiben konnte man schon nichts mehr sehen. - Daran kann man von außen sehen, dass jemand in dieser Zelle ist, ging es ihr durch den Kopf. Jeden Augenblick konnte sich ein Gesicht gegen das Glas drücken. Sie sah schon die kleine plattgedrückte Nase vor sich, die schmal zusammengepressten Lippen, die an der Scheibe Worte formten, die tiefliegenden Augen... Es war ein Gesicht, das sie schon gesehen hatte. Sie erinnerte sich nur nicht, wo sie es gesehen hatte. Das Gesicht verschmolz mit dem ihres Vaters ... Sie kauerte sich auf den Boden der Telefonzelle, atmete so flach, wie sie konnte, damit die Scheiben nicht noch stärker beschlugen und wartete.

Schlachters Traum

Der Bericht war fertig getippt. Als Karsten auf den Gang trat, um ihn abzugeben, kam der Chef auf ihn zu. Karsten erwartete ein Schulterklopfen, wie er es in den letzten Stunden so oft von seinen Kollegen erhalten hatte. Aber der Chef raunzte nur: „Auf Ihren Lorbeeren ausruhen können Sie sich später, Embisch. Anordnung von ganz oben: Kontrolle Haus in der Weißendornstraße. Sieht aus, als wär da was passiert."

Karsten musste seinen Widerwillen gezeigt haben, und das war beim Chef immer ein Fehler.

„Sagen Sie mal, Embisch. Waren Sie nicht heute schon mal bei dieser Adresse?"

Karsten hasste ihn und seine Art. Er drückte die Brust heraus. „Ja. Da war nichts."

„Was soll das heißen. 'Da war nichts'. Drücken Sie sich klarer aus, Mensch."

„Der Mieter dort war unverdächtig. Er ..."

„Ist das da Ihr Bericht?" Der Chef zeigte auf die Blätter in Karstens Hand. „Dann geben Sie ihn mir mal gleich her." Er zog sie ihm aus den Fingern. Karsten unterdrückte den Impuls, sie nicht loszulassen.

„Der Mann dort ..." Er wusste nicht, was er

sagen wollte. „Die Kollegin Pörl ..."

„Lassen Sie die mal aus dem Spiel. Darüber werden wir uns auch noch zu unterhalten haben. Nur eins schon: Lassen Sie mal die Kollegin fahren. Sie sind ein Team, vergessen Sie das nicht." Der Chef kreuzte die Arme vor der Brust und sah ihn an.

Karsten schob den Unterkiefer vor. Aber er konnte dem Chef nicht in die Augen sehen.

„Sind Sie immer noch nicht weg, Embisch? Ich sagte doch: äußerste Dringlichkeit."

Karsten drehte sich weg und dachte: - Dich krieg ich auch noch.

„Und Embisch!" rief ihm der Chef hinterher. Karsten fluchte innerlich und ging weiter den Flur entlang. Nein, er würde sich nicht umdrehen!

„Gute Arbeit!" hallte es ihm hinterher.

Karsten grinste und stieß die Tür zum Wagenpark auf. Als er die Pörl vor dem Opel stehen sah, biss er die Zähne zusammen. Das Miststück hatte Nerven. Dass die überhaupt mit ihm fuhr. Wie viel wusste sie? Er starrte sie an, um zu sehen, ob sie weich wurde. Die ließ sich nichts anmerken. Sie wollte sogar auf der Beifahrerseite einsteigen. Als ob sie sich nicht beim Chef beschwert hätte! Die schauspielerte doch nur! Aber wenn die glaubte, sie könnte ihn austricksen, hatte sie sich verrechnet.

Karsten zog den Schlüssel aus der Hosentasche und ließ ihn vor ihrem dämlichen Gesicht baumeln. Da hing das Ding und schwang am Aufhänger ein bisschen hin und her. Baumelte wie ... Die Pörl griff danach, und Karsten mimte den Kavalier, machte eine Verbeugung, öffnete die Tür auf der Fahrerseite, ging um den Wagen herum und ließ Schweinchen Schlau dabei keine Sekunde aus den Augen. - 'Lassen Sie mal die Kollegin fahren' Ha!

Karsten setzte sich und starrte sie von der Seite her an. Umso besser: Wenn er nicht fuhr, konnte er sie genau beobachten. Das würde ihr zusetzen. Die würde noch darum betteln, dass er wieder fuhr. Irgendwann, das wusste er, würde sie einen Fehler machen. Er brauchte nur zu warten, und sie würde nervöser und nervöser werden. Sein Schweigen würde sich über ihr auftürmen, die Stille würde sich in sie hineinfressen, bis sie es nicht mehr aushielt und einen Fehler machte. Er sah, wie sie schluckte. Ihr Kehlkopf wanderte ein kleines Stück am Hals hinauf und hinunter. Es war ihm, als fühle er den Knorpel unter seiner Hand. Sie merkte sicher, dass er auf ihren Hals starrte. Was hatte sie ausgeplaudert? 'Lassen Sie mal die Kollegin fahren' Ha! Karsten triumphierte, als der Pörl schon auf der Höhe des ehemaligen SPD-Parteihauses die Stille zuviel wurde und sie mit trockenem Mund etwas sagte.

„Haben Sie sich eigentlich den Ausweis des Mannes in der Weißendornstraße zeigen lassen?"

Karsten musste sich zurückhalten, um nicht loszuschreien. Er gab seiner Stimme einen beiläufig sachlichen Ton und bejahte.

„Und? Nichts Auffälliges?"

„Sie haben ja Tee mit ihm getrunken", höhnte er nun.

Die Pörl blieb ganz ruhig. „Aber ich habe seinen Ausweis nicht gesehen."

„Ich dachte, Frauen hätten ein besonderes Gespür. Haben Sie nichts gespürt? Nein? Nicht einmal ..."

Sie unterbrach ihn einfach: „Und das Foto glich ..."

Karsten verlor für einen Moment die Beherrschung und schrie: „Wer sind Sie denn, mich hier zu verhören?" Er merkte, dass er zu laut geworden war und hielt inne.

Ein Funkspruch erreichte sie: „Streife neun, Streife neun. Wenn Sie einen jungen Mann in der Nähe des Hauses sehen, nicht festnehmen, sondern unauffällig folgen und auf weitere Order warten."

- Mit offenem Mund sieht sie aus wie ein Frosch. Karsten musste an die Frösche denken, die er vor langer Zeit mit anderen Kindern aufgeblasen hatte. Wie sie hilflos auf dem Teich getrieben waren. So etwas sollte man mal mit der Pörl machen. Er erschrak etwas über diesen Gedanken und war froh, dass der Wagen mit einem Ruck hielt. - Frau am Steuer.

Sie stiegen aus. Die Pörl vergaß, den Zündschlüssel abzuziehen, und Karsten nahm ihn an sich. Unauffällig ließ er ihn vor der Fahrertür zu Boden fallen.

Sie gingen auf das Haus zu. Die Tür stand offen. Im Untergeschoss war niemand.

Sie stiegen die Treppe hinauf. Das Licht funktionierte nicht, aber die Pörl hatte eine Stablampe dabei. Ein unerträglicher Gestank war in der Luft. Der zitternde Lichtfleck wanderte über geblümte Tapeten zu einem Haufen Kleider, aus denen Fleisch heraushing. Das musste das Ehepaar Nähert sein.

Karsten ärgerte sich. Die Scheiße hier würde er sich nicht als Fehler anhängen lassen, schließlich hatte die Tucke ... Er freute sich, als er sah, wie sich die Tucke ein Taschentuch vor Mund und Nase presste und dann zum Bad lief. Dort hörte er sie schreien.

Er ging ins Bad und sah den Mann von heute morgen in der Wanne liegen. Nein, er würde sich das nicht ankreiden lassen. Er würde zeigen, wie unfähig diese Pörl war, diese Tee-Tucke, die jetzt vor dem offenen Fenster stand und immer noch würgte. Nicht mal kotzen konnte die.

Plötzlich zeigte sie aus dem Fenster und rief leise: „Der Junge!"

- Scheiß der Hund drauf, dachte er und lief mit ihr zum Wagen. - Wirst schon sehen, Teetante! Wenn du diese Verfolgung verbockst, weil du den Autoschlüssel verbummelt hast, bist du unten durch. Dann häng ich dir die ganze Scheiße an den Hals.

Da schrie sie schon: „Wo ist der Autoschlüssel?"

„Keine Ahnung."

„Geben Sie ihn schon her!" Jetzt wurde sie hysterisch. „Ich weiß, dass Sie ihn haben!"

„Schnauze! Vielleicht haben Sie ihn ja beim Trockenkotzen verloren?"

Sie sah ihn an und wiederholte mit vor Wut zitternder Stimme: „Ich weiß, dass Sie ihn haben."

Er hielt ihrem Blick stand, konnte aber nicht lächeln, wie er es vorgehabt hatte. Einen Augenblick lang dachte er, sie würde ihm aus ihrem Froschmaul ins Gesicht spucken. Dann lief sie suchend ins Haus. Die dumme Tucke! Fast hatte sie ihm Angst gemacht. Aber die würde schon sehen, was sie davon hatte.

Karsten tat auch so, als würde er suchen. Der Junge war sowieso schon über alle Berge.

Auf dem Rückweg zum Wagen fand Froschmaul den Schlüssel auf dem Asphalt.

Dann machte Froschmaul Meldung, dass sie den Jungen verloren hätte. Die Zentrale schien das nicht sehr zu interessieren, und das enttäuschte Karsten. Sie wurden angewiesen, zum Brassert-Ufer zu fahren und eine Telefonzelle direkt neben dem Abgeordnetenhochhaus im Auge zu behalten.

Karsten meinte, ein widerliches kleines Lächeln um das Froschmaul von Froschmaul spielen zu sehen, als sie losfuhr. - So kommst du mir nicht davon, schwor er sich, und wenn er dieser Vegetarierin, denn das war sie, darauf verwettete er seinen Kopf, die quakende Schnauze höchstpersönlich mit Schlachtfleisch stopfen musste. Bis sie nicht mehr Papp sagen konnte. Nie mehr.

Blutbad

Es wurde immer kälter, und Sonja zitterte. Durch die immer noch beschlagenen Scheiben waren nur Schemen zu erkennen, die sich bewegten. Baumäste vielleicht. Plötzlich klopfte es. Sonja erschrak, bewegte sich nicht und gab keinen Ton von sich. Wieder klopfte es leise.

„Ich bin es, Daniel", flüsterte jemand.

Sonja sprang auf, öffnete die Tür und fiel jemandem um den Hals, den sie nie zuvor gesehen hatte. Er war groß und nahm sie etwas unbeholfen in seine Arme. Sie fühlte, wie ihre Tränen in seinen Pullover rannen. Er hielt sie fest. Sie steckte ihren Kopf unter seine offene Jacke und schluchzte hemmungslos. Sie hörte nichts mehr außer ihrem Schniefen und den Reibegeräuschen, die Innenfutter und Pullover an ihren Ohren erzeugten. Sie war keine schöne große Frau mehr; sie war ein kleines Mädchen. Daniel konnte ihr Gewicht nicht mehr halten und machte ein paar Ausfallschritte nach hinten. Sie hörte entfernt seine Stimme, hob ihr tränenverschmiertes Gesicht und blinzelte ihn an. Sie sah seine traurigen Augen und seinen großen Mund. Er strich ihr ein paar feuchte Haare aus dem Gesicht. Sie presste ihre nassen

Wangen an seinen Hals und schmeckte auf ihren Lippen das Salzwasser, das ihr unaufhörlich aus den Augen floss.

Daniel gab ihr einen Kuss auf die Backe, sie umschlang seine Hüften mit einem Arm und ließ sich stützen. Jetzt fühlte sie den Wind kalt auf ihrem Gesicht, den Wind, der vom Fluss kam und nach Schlick und Dieselöl roch. Sie sah nicht viel, nur rechts glitzerte die schwarze Fläche etwas, und ein lang gestreckter Schatten schob sich darüber hinweg. Das musste ein Flussschiff sein, dachte sie, und da war auch ein Licht, das war die Kajüte, dort saß eine Familie und sah Fernsehen... Oder eine Frau sah hinaus auf die dunklen Ufer, die Laternenketten oder die funkelnden Lichter einer großen Stadt, während das Kind einschlief, und der Vater ... Was machte der Vater? Stand er auf der Brücke und sah auf die Punkte, die die weiß wischende Schwinge des Radars zurückließ? Oder hatte der Vater die Automatische Steuerung eingestellt und ging nun mit schweren Schritten nach unten? Nein, sie wollte nicht an den Vater denken, aber sie musste es, musste es ...

Noch immer standen sie vor der Telefonzelle. Daniel rüttelte Sonja, er wollte sie fortführen, da klingelte das Telefon, klingelte einmal, zweimal, dreimal, dann nahm Daniel den Hörer von der Gabel. Sonja drängte sich an ihn heran, sie wollte nicht allein sein. Sie hörte die Stimme, sie kam monoton aus dem dicken Ende des Hörers heraus, sie hörte nicht hin, es interessierte sie nicht mehr, sie konnte nicht mehr. Daniel sagte nichts, hörte nur zu, sagte dann nur, „Sie haben ja gar nichts gegen mich in der Hand", hörte weiter der Stimme zu und sagte am Ende: „Ja." Sie verstand nichts von dem, was er ihr dann erklärte, dass ihn Schweine beobachtet und seine Wohnung abgehört hätten, dass diese Schweine die Sache vereinfachen könnten, da sie einen guten Draht zum Bürgermeister hätten, dass die Schweine mit ihm sprechen wollten. Sonja achtete nur auf den Klang seiner Stimme, er war besorgt, sie fühlte es und küsste ihn auf den Mund, um seinen Redefluss zu unterbrechen, wie gern hätte sie jetzt mit ihm Arm in Arm irgendwo gelegen, wo es warm war, der blaue Himmel über ihnen ...

Aber stattdessen gingen sie zwischen düsteren Gebäuden mit spitzen Türmchen entlang, tasteten sich über Kopfsteinpflaster vorwärts, an einem monströsen Bau vorbei und gelangten schließlich zu Arkadengängen, die von einem Lokal schwach beleuchtet waren, wo Menschen sich um ein Büffet drängten. Sonja fasste mit der Hand auf die Scheibe, sah aber das wütende Gesicht des Kellners und die wütend-gierigen Gesichter der Gäste, die sich sofort wieder auf die Speisen stürzten, so dass nur noch ihre Stiernacken über den Anzug- und Hemdkragen zu sehen waren. Bei einigen, sah Sonja, bewegten sich die Ohren mit, während die Kiefer schon mahlten.

Daniel zerrte sie weiter, er nahm ihr Gesicht in die Hand und drehte es von dem Schauspiel weg, auf das Sonja wie gebannt starrte. Sie standen jetzt im Schatten einer Säule versteckt, und Daniel erklärte ihr, was er vorhatte. Er war in ein Thermalbad, dessen Eingang sich in unmittelbarer Nähe befand, bestellt worden und bat Sonja, ihm in einigem Abstand zu folgen. Sonja konnte nicht anders und begann wieder zu weinen. Sie wurde ein bisschen wütend auf sich selbst, aber das machte es auch nicht besser.

Sonja sah Daniel in die Augen, sie vertraute ihm, sie wollte nicht allein hier stehen bleiben und warten, das würde sie nicht schaffen, sie hielt es nicht aus, sich jetzt von ihm zu trennen, sie brauchte seine Nähe, sie würde wieder auf die Befrackten am Büffet schauen, und sich in dem Anblick verlieren... Davor hatte sie Angst, es schien ihr unausweichlich, denn sie würde wieder an ihren Vater denken und alles andere vergessen, dann war sie verloren, das wusste sie, und sie flehte Daniel an, sie mitzunehmen, sie nicht allein zu lassen. Daniel küsste sie und flüsterte, dass sie in fünf Minuten langsam in das Thermalbad hineingehen solle, sich ganz natürlich verhalten solle, sich nichts anmerken lassen solle, dann wären sie bald wieder zusammen.

„Wenn du gefragt wirst, sagst du, du hättest einen Termin mit Dr. Streck. Ja, Sonja?" Er küsste sie auf den Mund und verschwand um die Säule herum, sah noch einmal zurück und ging durch die große Schwingtür ins Thermalbad hinein.

Sonja wurde sofort kalt und sie zwang sich,

nicht in das Restaurant zu schauen, sich auf die verrinnende Zeit zu konzentrieren, sie sah auf eine Kübelpflanze, deren Blätter, schmale etwas verwelkte Blätter, im Wind zitterten, sie versenkte sich in den Anblick, aber sie durfte die Zeit auch nicht vergessen, was, wenn sie zu spät kam? Sie hatte keine Uhr und sie begann zu zählen, sie zählte die Sekunden, aber zählte sie nicht zu langsam? Immer schneller folgten die Zahlen einander, bald kreisten sie in ihrem Kopf, ohne dass sie sie hörte, sie führten einen Tanz auf, drehten sich wie ein Lotterierad, das mit einem Mal stehen blieb und die Ziffer '5' zeigte. Sofort lief Sonja taumelnd auf den Eingang zu, versuchte, sich noch im Laufen die Haare zu richten, wischte sich mit dem Handrücken durchs Gesicht, dann mit den Ärmeln.

Eine Musik wie im Supermarkt empfing sie. Dies ist doch nur ein öffentliches Thermalbad, sagte sie sich mehrfach, während sie einen langen Gang entlangschritt, an dessen Decke sich Kameras befanden, wie sie sah, die sich bewegten und auf sie richteten.

Sie ging auf einen offenen Schalter zu: Eine weiß bekittelte junge Frau wurde immer größer, aus ihrem hellen Gesichtsfleck stach ein böser kirschroter Mund hervor.

Sonja verlangte eine Eintrittskarte, aber die Frau wollte sie ihr nicht geben. Sonja verstand nur etwas von geschlossener Gesellschaft, worauf sie etwas von einem Termin mit Dr. Streck sagte. Die Frau schien etwas überrascht zu sein und musterte sie von Kopf bis Fuß. Ihr Kirschenmund öffnete sich, und Sonja sah auf ihre innen hellen Lippen. Sie bot ihr sogar ein Taschentuch an.

Sonja lief weiter. Ein Geruch nach Chlor wehte ihr entgegen, es wurde wärmer, das Geräusch laufender Duschen war zu hören, sie betrat eine Kabine mit einer stilisierten Frau auf der Tür, die Kabine war leer, sie schritt über Lattenroste, unter denen ihr Wasser entgegenspiegelte, sie zog ihre Schuhe nicht aus, ging an den Trichtern, den Föns vorbei, die an den Wänden klebten, kam einem zu nahe, unterbrach die Lichtschranke und löste die Automatik aus, die brausend heiße Luft nach unten blies, Sonja hüllte den riesigen Fönautomat mit ihrem Mantel ein, um den Lärm, den er machte, zu dämpfen, und schließlich hörte er auf. Sie öffnete die Tür und sah eine Reihe von tropfenden Duschen in einem rosafarben gekachelten Raum. An schwarzen Abflusssieben vorbei, in denen es gluckerte, ging sie vorbei und sah, wie jeder ihrer Schritte in den Wasserlachen kleine Kreise auslöste, die ihr vorauswanderten. Sie sah sich selbst gespiegelt, ein verzerrter Körper, ein bleiches Gesicht, ein verschwommener Fleck über dunklen Schatten, ein Bild, das sie mit jedem Schritt, bevor es klarer werden konnte, mit ihren Schritten zerstörte. Der Raum hatte keine Fenster, nur Lüftungslöcher, wie sie annahm, oben in der Decke und zwei Türen. Leise öffnete sie jetzt die Tür am anderen Ende des Duschraums und schaute hinaus.

Sie sah weiße marmorne Wände, die wie Schrankwände aussahen, weil sie schwarze Fugen hatten, die wohl Türscharniere waren. Es war sehr feucht und warm und roch nach Parfüm. Dann sah sie Daniel. Er stand in der Mitte des dämmrig beleuchteten Raumes vor einer Vertiefung, in deren brodelndem Wasser ein Mann saß. „Ziehen Sie sich aus und kommen Sie rein."

Daniel rührte sich nicht.

Eine der weißen Marmortüren öffnete sich und ein nackter Mann trat heraus. Er war sehr braun, zog an seinem Glied und ließ es flitschen. Er bewegte sich auf Daniel zu. „Ich sage Ihnen noch einmal", zischte der Mann im Whirlpool drohend, „wenn Sie sich selbst und vor allem dieses Blondchen retten wollen, kooperieren Sie."

Daniel wollte sich umdrehen, da packte ihn der braune Mann von hinten, zog ihm den Pullover über den Kopf, so dass er sich kaum noch bewegen konnte und stieß ihn in den Pool.

Sonja lief auf das blubbernde Bassin zu, in dem sie Daniel benommen liegen sah, aber jemand stellte ihr ein Bein, und sie schlug der Länge nach hin. Sie sah nackte Waden neben sich, ein Fuß presste sie zu Boden, sie blickte nach oben, sah einen Hodensack über sich, einen dicken Bauch, der sich darüber hervorwölbte, zwei schwabbelige Brüste und ganz oben ein kleines gerötetes hamsterbäckiges Gesicht mit hervortretenden Kulleraugen, Schnäuzer und Glatze. Das Mündchen spitzte sich und verkündete stolz: „Ich hab sie!"

Sonja musste mitansehen, wie der alte Mann und sein braungebrannter Kumpan im Pool mit Daniel herumspielten, ihn unter Wasser stießen, seine Hose auszogen, immer noch steckte sein Kopf in dem nassen Pullover, der bei jedem Luftholen in seinen Mund gesaugt wurde, sie hörte sein Japsen, sie hatten ihm die Ärmel über dem Kopf zusammengebunden. Sonja hörte, wie Streck sagte, dass sie ihn für den Gast, der gleich komme, vorbereiten wollten. Plötzlich machte sie einen Buckel und hebelte so ihren Bewacher aus, der wie ein nasser Sack mit dem Bauch zuerst auf den Marmorboden klatschte. Sie krabbelte schnell zum Rand des Beckens und versuchte, Daniel herauszuziehen, doch der Braune griff ihr in die Haare und zerrte sie unter Wasser. „Frauen haben heute hier keinen Zutritt", hörte sie durch das Rauschen, spürte, wie zwei Beine ihre Füße umklammerten und sie vom Grund wegrissen, wie zwei Arme sie unter Wasser festhielten. Sonja versuchte nach oben zu kommen, strampelte, dann hielt sie still und sah nur noch dem Schneegestöber der weißen Bläschen zu. Im grünlichen Hintergrund sah sie einen dunklen Körper, hörte ein Krachen, und vor dem Grün stieg rote Farbe auf. Willenlos sah sie diesem Rot zu, bis sie gepackt und aus dem Wasser gerissen wurde.

Als nächstes nahm Sonja wahr, dass eine Frau sie küsste und ihr Luft in den Mund pustete. Sie hustete, würgte und hörte gleichzeitig eine

Männerstimme, die „Dietrich!" rief und dann „Das hätte Sie nicht tun dürfen. Erschießen Sie sie!"

Ein ohrenbetäubender Knall ertönte, und neben ihr sackte die Frau, die sie geküsst hatte, zu Boden. Sonja sah ihr zuckendes Gesicht, die blinzelnden Augen, sie wollte nach ihrem Kopf fassen, sah ihre eigenen blutbedeckten Hände und Arme, aber griff ins Leere, der Kopf der Frau schlug leise auf dem Boden auf. Sonja sah jetzt, wie ein sehr großer Mann, der ein Handtuch um die Hüften geschlungen hatte, den noch keuchenden Daniel in den Arm nahm und wegführte.

Daniel wollte sich umdrehen, aber der Mann hielt ihn fest, und seine tiefe Stimme redete beruhigend auf ihn ein. Sonja sah in das leblose Gesicht der Frau neben sich, sie sah ganz friedlich aus, Sonja begann, die Sommersprossen zu zählen, dann stand sie schwankend auf, wollte zu Daniel, hatte plötzlich aber die veilchenblauen Kulleraugen vor sich, die sie böse anstarrten, „Fotze!", Spucke traf sie im Gesicht. Dann hörte sie noch einmal die tiefe Stimme „Beamter, bringen Sie sie in die Praxis von Doktor Herdeck, Baumschulallee 7."

Ein Polizist, dessen Kaumuskeln am Kiefer hervortraten, weil er mit den Zähnen mahlte, sie kannte dieses Gesicht, legte ihr grob Handschellen an und zerrte sie durch die Gänge nach draußen und stieß sie in einen Polizeiwagen.

„Ich kann Ihr dummes Gesicht nicht mehr sehen", sagte er und stülpte eine Art Sack über Sonjas Kopf. „Die Schlüssel! Scheiß Pörl", zischte er dann und stieg aus.

Sonja sah mit offenen Augen in die Schwärze und sah die Toten und die Lebenden, alle durcheinander.

Als der Polizist wieder einstieg, begann sie, vor Angst etwas zu summen, so wie sie es schon als Kind getan hatte. Ein harter Schlag traf ihren Kopf, der Schmerz war stark, und dann spürte sie die Hände um ihren Hals.

Lob der Lobotomie

„Wir haben uns hier ...", die große Hand des Bürgermeisters wies auf die holzgetäfelten Wände, das glänzende Parkett, die französischen Fenster, „...im Festsaal des Rathauses versammelt, um einen Mann zu ehren, der unserer Stadt unschätzbare Dienste erwiesen hat. Ein Mann aus unserer Mitte, der, indem er seine Pflicht tat, ..."

Karsten hörte nicht mehr hin. Er dachte daran, wie dieser Brocken von Mann, der da dort seine Rede vom Blatt las, mit einem Handtuch um die Hüften ausgesehen hatte. 'Erschießen Sie sie' hatte er gerufen. Dafür war ihm Karsten dankbar. Er rief sich die Situation immer wieder gerne in Erinnerung, sah noch einmal die Tucke vor sich, wie sie neben der Blonden hockte. Wie sie Blondie mit ihrem Froschmaul beatmet hatte. War sich wahrscheinlich toll dabei vorgekommen. Und dann ihr Blick, als sie den Bürgermeister, der gesehen hatte, was sie getan hatte, rufen hörte: Sie hatte gewusst, was ihr blühte, und hatte ihm in die Augen gesehen. Es war ein köstlicher Moment gewesen, und Karsten ließ ihn in Zeitlupe vorüberziehen. Noch einmal spürte er den Rückstoß seiner Automatik, hörte den Knall und sah, wie sich das Gesicht der Tucke verzerrte. Diesmal war es Schweinchen Schlau, das die Kontrolle verloren hatte. Wahrscheinlich hatte sie sich auch noch dabei in die Hosen geschissen.

„Nie hat unsere Stadt eine ähnliche Serie von Morden erlebt, nie zuvor verbreiteten sich Angst und Schrecken derart rapide unter den Einwohnern. Die beispiellosen Morde einer wahnsinnigen Perversen, ja, ich wähle das Wort ganz bewusst, die aus niederen Instinkten, Trieben heraus vorsätzlich menschliches Leben vernichtete, schrien förmlich nach Aufklärung. Und der Mann kam, der Licht in die Finsternis bringen sollte, und dieser Mann sitzt hier heute Abend unter uns und wir wollen ihm danken, nur deshalb sitzt er hier heute Abend unter uns, denn sonst würde er wieder seinen Dienst tun, seinen Dienst an uns, dessen bin ich mir gewiss, dieser Mann spürte die Mörderin auf, er verfolgte sie, bis sie den heißen Atem des Gesetzes im Nacken fühlte und sich auf feige Art aus der Verantwortung stahl, indem sie zum Strick griff und sich erhängte ...“

Karsten dachte an die im Todeskampf zappelnde Lesbe, wieder hing sie vor ihm, und er quetschte ihr die Luft ab, schnürte ihr den Hals zu. Er fühlte, wie sich seine Hände zusammenkrampften und dachte an die andere, die Blonde in seinem Wagen, wie er sie am Hals gefasst hatte, nur hatte er ihr Gesicht dabei nicht gesehen ... Er zwang sich, an etwas anderes zu denken, der Gedanke erregte ihn zu stark. -

Zuhören, sagte er sich, hör zu!

„Dieser Mann liebt seinen Beruf. Er ist ein Vollblutpolizist, der keine Sekunde zögert, und wir alle wissen, wie wertvoll eine Sekunde manchmal sein kann, der keine Sekunde zögert, sage ich ...", der Bürgermeister sah wohlwollend zu Karsten herüber, der in der ersten Reihe saß, „ich sage, dieser Mann zaudert und zagt nicht, wenn er gefordert ist. Während seiner Ermittlungen, die er mit der ihm eigenen Zielstrebigkeit und Hartnäckigkeit führte, tat sich ein zweiter, im wahrsten Sinne des Wortes mörderischer, Abgrund auf, er stieß, und das im Villenviertel Godesbergs, auf ein Wespennest, in dem eine Familie gemetzelt hatte und metzelte. Ich will an dieser Stelle nicht allzu weit in die Einzelheiten gehen, schließlich wollen wir hier feiern und uns nicht gruseln, doch wie ein junges Mädchen ihren Vater regelrecht hinrichten kann, das will mir nicht in den Kopf, das verstehe ich nicht, und das werde und will ich auch nicht verstehen. Eine junge Frau, die sogar noch versuchte, einen unschuldigen jungen Mann in ihren mörderischen Hexensumpf hineinzuziehen. Genug! Nur diesem Mann dort...", der Bürgermeister zeigte auf Karsten, „Karsten Embisch, ist es zu verdanken, dass von dieser Person, dieser Gefahr für die öffentliche Sicherheit, für Staat und Gesellschaft, für eine und einen jeden von uns nichts mehr zu befürchten ist. Wer die Keimzelle des Staates, die Familie, - an welch schöne, gemütliche, erhebende Augenblicke unseres Lebens denken wir nicht, wenn wir das Wort 'Familie' hören? - , wer die Familie derart verhöhnt, ach, was sage ich, zerstört, den Plan des Lebens, den Lebensplan zerreißt, der verdient nicht, unserer Gemeinschaft anzugehören. Der ist krank ..."

Karsten erinnerte sich an das Zittern der Blonden, als er sie würgte. Er fühlte, wie seine Hände feucht wurden, er musste sie unauffällig an der Hose trocken wischen, bevor er dem Bürgermeister die Hand schüttelte. Er dachte an die Geräusche, die unter dem Sack zu hören gewesen waren, es war etwas wie ein Schnarchen gewesen ...

„Ich möchte mich kurz fassen, denn ich glaube, diesem bescheidenen Mann hier ist meine Lobrede sicher schon jetzt zu lang, und er möchte lieber arbeiten und das soll er auch, denn kaum einer kann das so gut wie er, aber er soll es von einer neuen Position aus tun, doch ich greife vor. Ich will mich kurz fassen, meine Damen und Herren, aber es gelingt mir nicht recht, und auch das hat seinen Grund. Denn!" der Bürgermeister machte eine eindrucksvolle rhetorische Pause und hob den Zeigefinger, „dieser Mann hier, Karsten Embisch, hat mir das Leben gerettet." Der Bürgermeister ließ dies auf die Versammelten einwirken.

In Karstens Nase war mit einem Mal wieder der Geruch von Blut und Chlor. Der nasse Körper neben ihm auf dem Sitz, die Lust, ihn zu misshandeln, ihm wehzutun, ihn in seinen Händen zappeln zu fühlen ...

„Auch bei der Polizei gibt es schwarze Schafe."
Gemurmel war zu hören. „Verzeihen Sie mir, wenn
ich das sage, ich weiß, dass heute Abend hier viele
unter uns dieser immens wichtigen Einrichtung des
Staates angehören, gute Polizisten sind, und das ist
die überwältigende Mehrheit. Aber es gibt
gelegentlich eben ein solches schwarzes Schaf. Ich
habe es selbst erlebt und es war furchtbar. Um wen
handelte es sich? Es handelte sich um die
'Kollegin', ich will ihren Namen nicht nennen, sie
kennen ihn alle, die 'Kollegin' des Mannes, der hier
unter uns weilt und den wir heute ehren wollen,
eine junge Frau, jung und unerfahren, ich möchte
sie damit in keinster Weise etwa in Schutz nehmen,
ich verurteile ihr Verhalten aufs Entschiedenste, zu
jung vielleicht, um die Anforderungen des
Polizeidienstes zu verkraften. Genug der
Spekulation, werden einige unter Ihnen sagen,
meine Damen und Herren, und Sie haben Recht!
Was immer diese Frau dazu gebracht hat, Fakt ist,
sie erschoss vor meinen Augen, bitte, meine Damen
und Herren, stellen Sie sich das vor, den
hochverehrten, mit mir in Freundschaft
verbundenen Chefredakteur des hiesigen Stadt-
Anzeigers, Dr. Dietrich Streck. Ein Mann, dessen
Integrität über jeden Zweifel erhaben ist, und der
uns allen mit unbestechlicher Klarheit Tag für Tag
die Welt und das, was die Welt zusammenhält im
Großen und im Kleinen vor Augen geführt hat.
Unermüdlich arbeitend, ein sprudelnder Quell der
Informiertheit...", die Stimme des Bürgermeisters

schien zu brechen, „ein Freund."

Es war Strecks Blut gewesen, das den Whirlpool rot gefärbt hatte, das die Blonde überzogen hatte, das auf dem Autositz klebte, das ihm in die Nase gestiegen war. Streck hatte geblutet wie ein Schwein. Geschah der schwulen Sau ganz recht. Waren denn nicht alle perverse Säue? Und die Sau, die er dann am Hals gegriffen hatte, hatte geröchelt und sich gewunden auf dem Sitz ... Vielleicht hatte es ihr sogar Spaß gemacht? Aber sicher nicht soviel Spaß wie ihm.

„Dr. Streck, Dietrich, war ein guter Freund, und da geht diese Frau hin, wenn Sie mich fragen, ein Fall von Schizophrenie, von Paranoia, Verfolgungswahn, was weiß ich, und erschießt ihn. Sie erschießt diesen wertvollen, diesen freundlichen Mann. Ich will Ihnen wiederum unerfreuliche Details ersparen, meine Damen und Herren, das gehört nicht hier her, aber glauben Sie mir, sie verfolgen mich, nachts, wenn ich zu schlafen versuche, ja sogar in diesem Augenblick stehen mir die schrecklichen Bilder vor Augen." Er schüttelte traurig den Kopf. „Und diese Frau, diese Wahnsinnige hätte weiter gemordet, hätte auch mich erschossen, ja, sie zielte bereits mit der Waffe auf mich, ich wäre jetzt nicht unter Ihnen, wenn nicht Karsten Embisch, dieser herausragende Polizist, gewesen wäre, der ihr zuvorkam und sie mit einem Schuss niederstreckte."

Aber dann hatte dieses Biest ihn gestoßen, war mit dem Kopf, der im Sack steckte, vorgeschnellt und hatte ihm fast die Nase gebrochen. Er hatte Blut über seinen Mund laufen gefühlt und sie losgelassen. Er hätte sie nicht loslassen sollen, ihr nicht zeigen dürfen, dass er verwundbar war, aber es war zu spät gewesen. Sie hatte geschrieen, und er hatte sie bewusstlos geschlagen. Der Spaß war ihm irgendwie vergangen. Da hatte es in der Wagenecke gelegen, dieses Stück blonde Scheiße. Sollte es doch verrotten. Er hatte es ordnungsgemäß abgeliefert, und jetzt verrottete es ja auch …

Der Bürgermeister kam zum Ende: „Wir sind stolz auf euch, Jungs. Ihr seid eine gute Truppe. Aber denken wir an die Hauptperson des heutigen Abends: Ohne einen Mann wie Karsten Embisch hätte unsere Stadt heute einen anderen Bürgermeister. Ohne Menschen wie ihn wäre unsere Stadt nicht sicher. Ohne einen Pfundskerl wie ihn gäbe es heute nichts zu feiern. Ich will nur noch eines sagen: Danke, Karsten."

Der Bürgermeister gab ihm das vereinbarte Zeichen, ein Nicken, und Karsten erhob sich. Schnell trat er nach vorne.

„Herr Inspektor", begrüßte ihn der Bürgermeister strahlend. Händeschütteln. Karsten sah auf die Gesichter im Saal. Da waren die Männer aus dem Thermalbad: Der Braune tuschelte mit jemandem, der Schnauzbärtige glotzte ihn an. Und da war auch sein Chef, der wieder einmal keine Miene verzog. Als ob er etwas wüsste, dachte Karsten.- Na warte, dem Arschloch würde er es auch noch zeigen.

Im Kirschgarten

„So. Da sind wir schon." Die Hausangestellte mit der sanften Stimme öffnete die Tür, und Daniel betrat einen gepflegten Flur, dessen frisch gewienerte Dielen glänzten und durch den ein frischer Luftzug wehte, der nach Kirschblüten duftete. Daniel meinte durch ein Fenster einen Kirschgarten voller schneeweißer Blüten zu sehen. Vielleicht saß sie dort auf einer Bank im Halbschatten, las ein Buch oder träumte von ihm. Die weiß gekleidete Dame führte in jedoch weiter in das Innere des Hauses hinein, und er betrachtete die Bilder an den Wänden. Wahrscheinlich waren es Originale, deren Ölfarben so kunstvoll und fein aufgetragen waren, dass sie wie Kopien wirkten. Ein anderer Bediensteter war mit Putzzeug zugange. Er verstaute es gerade in einem großen Abstellraum, der wohl vor allem Gartengeräte beherbergte.

Daniel war nicht bewusst gewesen, dass Sonja einer ähnlich großen und einflussreichen Familie wie er selbst entstammte. Die Anlage der Villa, die Wohlerzogenheit der Dienerschaft und die Atmosphäre erinnerten ihn an das Haus, das zwar nicht eigentlich sein Elternhaus war, das wusste er,

177

aber das ihm zu einem Elternhaus geworden war, und in dem er momentan wieder einen großen Teil seiner Zeit verbrachte.

Nun mischte sich der Duft der Speisen in die laue Luft. Daniel sah die dampfenden Terrinen, das Familiensilber blitzte, das Geschirr war aufs Geschmackvollste abgestimmt. Einzelne Familienmitglieder erschienen auf den Schwellen ihrer Zimmer und versammelten sich in dem gemütlichen Speisesaal, in dem bereits neben einem großen Samowar, der sicher einen köstlichen Tee enthielt, die Nachspeisen aufgereiht standen.

Niemand der Anwesenden verlor viele Worte, murmelte allenfalls etwas Freundliches, und man begann zu essen. Ein Gast drehte mit einem liebenswürdigen Tick den Teller immer wieder herum. Er wusste vor lauter Vorfreude wohl nicht, wo er zu essen anfangen sollte. Daniel indes beunruhigte, dass er Sonja nirgends entdecken konnte. Er näherte sich einem der unauffällig im Hintergrund verbliebenen Angestellten und bat um Auskunft.

„Vielleicht isst Frau Buhol auf ihrem Zimmer", entgegnete dieser und wies ihm die Richtung. Doch gerade in dem Augenblick, als Daniel der Weisung folgen wollte, kam Sonja ihm entgegen, und sein Herz machte einen Sprung. Die große Gestalt, das wunderbare Gesicht, ihr liebes Wesen schritt auf ihn zu. Daniel lächelte sie an. Sie kam ihm näher, sah durch ihn hindurch und ging an ihm vorbei, ohne ihn zu erkennen.

Schlagartig wurde Daniel sich bewusst, dass er sich in letzter Zeit nicht ganz auf seinen Kopf verlassen konnte. Nein, er besuchte Sonja nicht in ihrer Familienvilla, sondern auf einer Station der städtischen Nervenklinik, deren Patientin sie nun schon seit Längerem war. Wie hatte er sich täuschen können, fragte er sich, während er zusah, wie sie ein Tablett aus dem Küchenwagen zog, sich an einen der Tische setzte, teilnahmslos den Deckel von ihrem Plastikgeschirr abnahm und mechanisch zu essen begann. Daniel konnte den Anblick kaum ertragen. Langsam näherte er sich ihr, setzte sich ihr gegenüber und sah sie aufmerksam an. Sie schien mit offenen Augen zu schlafen. Ein schmächtiger, hohläugiger Mann neben ihr fragte schüchtern, ob er ihren Apfel haben könnte. Es dauerte eine Weile, bis die Frage bei Sonja angekommen war, dann tastete sie nach dem Apfel, als seien ihre Finger taub und reichte ihn dem Mann. Der versteckte ihn unter seinem Pullover und aß hastig weiter.

„Sonja", sprach Daniel sie nach einer Weile an, und sie sah langsam weiter kauend auf. „Erkennst du mich nicht?"

Sie antwortete nicht, aber eine Art Unruhe schien über sie zu kommen, denn sie hörte jetzt auf, zu essen und drehte den Kopf zur Seite. Es war sehr ruhig im Speisesaal. Die Patienten aßen still und langsam. Einige schauten auf den kleinen Innenhof, in dem ein paar Spatzen flatterten.

„Was haben sie hier mit dir gemacht, Sonja?"

179

In ihrem leblosen Gesicht bewegte sich nur der Mund. „Wie geht es dir?" fragte sie tonlos.

„Mir geht es gut. Aber das ist jetzt nicht so wichtig. Du bist viel wichtiger."

Sonja zog die Augenbrauen nachdenklich zusammen. „Ich soll nicht von dem Wurm reden."

„Von welchem Wurm denn?"

Sie gab keine Antwort und starrte auf den Löffel, der im Essen steckte.

„Sonja! Verstehst du mich?" Er überlegte, ob er nach ihrer Hand greifen sollte, entschied sich dann aber dagegen.

Plötzlich heiterte sich ihre Miene auf, was Daniel mit noch größerer Sorge erfüllte.

„Wir haben jetzt ein Radio."

„Und was hörst du?"

Keine Antwort. Sie schwiegen.

Einige Patienten falteten ordentlich ihre Servietten zusammen und standen auf. Stühle scharrten über den Linoleumboden. Sie warteten geduldig in der Reihe, bis sie ihr Tablett in den großen verbeulten Küchenwagen zurückstellen konnten. Dann ließen sie vorsichtig Kaffee aus dem großen stählernen Behälter in ihre Tassen fließen und nahmen sich ein Stück Kuchen. Stille.

Sonja saß still vor Daniel am Tisch und schaute auf ihr Tablett.

„Du musst hier raus", flüsterte er mehr zu sich selbst. Ein Pfleger, der so tat, als beobachte er sie nicht, beobachtete sie. Daniel sah ihn aus den Augenwinkeln. Er dachte an den langen Gang. Wie sie ihn zu zweit entlanggehen könnten bis zur Tür. Wie sich die Tür öffnen würde, und sie hinausgehen könnten in den Sonnenschein, unter Bäumen entlang. Aber sie hatten wahrscheinlich Kameras installiert. Sicher sogar, in den Wandleisten, kleine Löcher in den Deckenplatten, einfache Sache. Und warum konnte er der Frau, die er liebte, und die ihn liebte, da war er ganz sicher, nicht in die Augen sehen? Daran waren nur die Ärzte hier Schuld! Wenn Sonja nur erst einmal draußen wäre. Daniel überlegte fieberhaft. „Du könntest dir eine Schwesternuniform anziehen, so einen Kittel findet man doch bestimmt im Schrank neben dem Stationszimmer." Er redete jetzt immer schneller auf sie ein. Der Pfleger im Hintergrund schien zu lauschen. Aber wenn er sehr schnell sprach, konnte der Mann sicher nichts verstehen. „Du sagst einfach, du bist die neue Schwesternschülerin Schmidt oder Müller. Ich besorge dir noch ein Namensschild. Das dürfte kein Problem sein, und dann steht uns der Weg frei. Wir mieten uns einen Wagen und lassen alles hinter uns. Wir fahren ans Meer." Daniel beugte sich vor zu ihrem Gesicht und hatte vor Augen, wie sich ihre Münder einander näherten, während in ihrem Rücken die verfluchte Stadt immer kleiner wurde, wie sie sich küssten, lange küssten ... „Was haben sie dir angetan? Aber du wirst wieder gesund, das verspreche ich dir. Was haben sie dir gegeben? Du brauchst das nicht. Die ganze Chemie. Das ist Gift. Du musst ..."

„Ein Ast wächst in das Fenster hinein...", flüsterte sie.

„Sonja! Wenn du dich sehen könntest! Ich werde ..."

„Er ist ganz schwarz. Mit roten Beeren ..."

„Hör auf, Sonja! Ich weiß, dass das nicht du bist, die da spricht …"

Aber Sonja schüttelte jetzt traurig den Kopf. Mühsam und leise, aber bestimmt sagte sie: „Ich brauche jetzt meine Tabletten."

„Wir zwei können alles erreichen. Du wirst alles vergessen." Daniel griff nach ihrer Hand und merkte sofort, dass er einen Fehler gemacht hatte, denn als er sie berührte, begann sie zu zittern.

Ganz leise wiederholte sie, dass sie ihre Medikamente brauche.

Daniel sah plötzlich, wie krank sie war. Mit einem Mal begriff er, dass all seine Pläne aussichtslos waren.

Sonja weinte inzwischen.

Plötzlich packte ihn der Pfleger, den er einen Moment vergessen hatte, von hinten am Kragen. „Lassen Sie die Patientin in Ruhe. Es ist besser, Sie gehen jetzt." Daniel fühlte, wie ihn der starke Arm des Pflegers vom Tisch wegzog. Er konnte gerade noch einen Blick zurück auf die weinende Sonja werfen. Er wollte ihr doch helfen. Aber er konnte es nicht. Und sie ließen ihn nicht.

Der Pfleger schob ihn immer weiter und rief auf dem Gang mit lauter Stimme, wer ihn hinausbrächte. Eine Schwester sprach sanft auf

Daniel ein, dass er sich beruhigen und mit ihr kommen solle. Dann führte sie ihn den langen spiegelnden Gang entlang zur vergitterten Tür. Er hörte noch eine resolute Frauenstimme sagen, dass dies wohl vorerst sein letzter Besuch hier auf Station gewesen sei. Sie schloss die Tür vor ihm auf. Zwei Frauen, von denen eine ständig in ihren Haaren herumfummelte, wollten eingelassen werden, sie wollten Frau Sonja Buhol besuchen, sagten sie. Aber die Schwester entgegnete, die Patientin sei momentan nicht in der Verfassung, Besuch zu empfangen und schickte die beiden fort. Während sie um die Ecke des Ganges verschwanden, hörte Daniel sie über eine neue Bar namens ‚Wunderbar‘ sprechen. Er erinnerte sich, dass es galt die Form zu wahren und unauffällig zu bleiben. Also verabschiedete er sich höflich von der Schwester, die immer noch neben ihm stand und wollte gehen.

„Aber wohin wollen Sie denn, Herr Lebeck?“

Daniel ergriff Ratlosigkeit, als er diese Frage hörte. Ihm fiel ein, dass er ja gar keine Wohnung in der Stadt hatte. Die Schwester nutzte seine Verwirrung und führte ihn zu einem Aufzug. Ein altes Paar kam ihnen entgegen. Der Mann hielt einen Blumenstrauß in der Hand. „Pass auf die Blumen auf, Bert“, schärfte ihm die Frau ein. Daniel und die Schwester stiegen ein. Die Schwester drückte auf einen Knopf und sprach in Richtung der stählernen Aufzugswand.

„Haben Sie denn vergessen, Herr Lebeck, dass

Sie schon drei Wochen bei uns auf Station 2 sind. Wir fühlen uns doch so wohl da."

Jetzt zupfte sie an seinem Hemd herum. „Sie müssen mal wieder ein frisches Hemd anziehen. - So, da sind wir schon." Die Schwester schloss die Tür auf, und Daniel war wieder auf dem Gang, den er nun schon so oft auf und abgegangen war.

Aus dem Schwesternzimmer hörte er Getuschel, dann kam eine Schwester freudestrahlend auf ihn zu. „Es ist Besuch für Sie da, Herr Lebeck. Stellen Sie sich vor: der Bürgermeister höchstpersönlich. Und er hat Blumen für Sie mitgebracht. Gehen Sie nur schon auf Ihr Zimmer. Ich hole noch eben eine Vase."